如果生命 可以
再度青春

至真的文字，至暖的情怀，
纵使岁月流转，白云苍狗，内心温暖
依然。

翟妍／著

中国华侨出版社

图书在版编目(CIP)数据

如果生命可以再度青春 / 翟妍著.—北京:中国华侨出版社,
2014.11 (2021.4重印)

ISBN 978-7-5113-4981-1

Ⅰ.①如… Ⅱ.①翟… Ⅲ.①随笔–作品集–中国–当代
Ⅳ.①I267.1

中国版本图书馆 CIP 数据核字(2014)第256567 号

如果生命可以再度青春

著　　者 / 翟　妍

责任编辑 / 文　筝

责任校对 / 王京燕

经　　销 / 新华书店

开　　本 / 787 毫米×1092 毫米　1/16　印张/17　字数/211 千字

印　　刷 / 三河市嵩川印刷有限公司

版　　次 / 2015年1月第1版　2021年4月第2次印刷

书　　号 / ISBN 978-7-5113-4981-1

定　　价 / 48.00 元

中国华侨出版社　北京市朝阳区静安里 26 号通成达大厦 3 层　邮编:100028

法律顾问:陈鹰律师事务所

编辑部:(010)64443056　　64443979

发行部:(010)64443051　　传真:(010)64439708

网址:www.oveaschin.com

E-mail:oveaschin@sina.com

自序

把过去留在心里默默在意

出版社让写一篇自序，我坐在沙发里一面教儿子念英文一面想了一个下午，写什么呢？

其实我什么也不想写，这些文章本来就是随性流淌出来的东西，是生命里某一刻的情感突然间的不期而至，而我就在那一刻顺势抓住了它们。那些随性的情感也许根本不需要任何附加的承载，像美妇的脸，美丽不需雕饰。

如果一定要抛弃那些"随性"和那些"突然间的不期而至"，那么这些文字出版的一个重要原因就是我想表达我自己吧！

我之所以写作，是因为我喜欢一个人在文字里孤独地穿行，我喜欢独处，喜欢守护寂寞酝酿出一种情绪，我就在那种情绪里回味人生。我在那里长大，又在那里远走高飞；我在那里重归故里，又在那里私语爱情……

当然，我的这种热爱也需要感谢童年。

小时候，家住农村，十三岁以前没走出过村庄，有时候母亲回娘家，为了省下两块五毛钱的火车票常常要骑着自行车走上将近一百里的路程。我总想说服她，坐一趟火车吧，再带上我。可是这样的想法是多么徒劳，母亲自己都舍不得坐火车，又怎么会在我身上浪费两块五毛钱呢？于是，常常在夜里听到九里路以外的火车传来的一声声悠远的鸣叫，心里在想：它会开到哪里去呢？我会在哪一天才能坐上它啊？带我去远方吧！远方该有多好……

我父亲是家里的长子，是个标本似的农民，他不怎么爱言语，常常垂着头一个人坐在炕沿儿上抽闷烟。我小时候很少看到他笑，他的兄弟当中有几个和他的关系从来没有融洽过，我知道那是因为我们家很穷的缘故。所以我在很小的时候，就偷偷地写过一封信给自己，我说我要考上大学，我要让我的爸爸挺起胸膛来！尽管后来由于种种原因我还是食言了，我没能迈进大学的门，但人生一路走来，这一切时时刻刻都在提醒着我，要怀着一颗善良和上进的心，好好地往前走。

我是农民的孩子，我从卑微里走来！

是为序吧。

目 录
CONTENTS

第一辑
亲亲·宝贝

第三辑
乡音·乡情

第一辑　亲亲·宝贝

儿子，听妈妈给你说

儿子，你的睡姿总是那么美！看着你熟睡的样子，我总会陶醉好久好久。最后忍不住吻你的额头！宝贝，你已经六岁半了，上了小学一年级。记得你刚刚入校的那天，你对我说你不再是小朋友了，要叫你小学生！是的，宝贝，你长大了！看着你现在开心的样子妈妈好欣慰。你是幸福的，我就是快乐的！

儿子，为了你能顺利地来到这个世界，妈妈承受了一般的准妈妈无法忍受的痛苦。在孕育你的第 28 天，妈妈就出现了严重的妊娠反应。那个时候妈妈还不知道自己的胆总管已经严重畸形，在孕育你的第四个月，剧烈的疼痛导致我经常昏迷不醒。为了保证你的健康，我只得一周给自己输两次葡萄糖，以确保你的营养。疼痛却不敢吃药，就那么咬着牙挺着，每一次汗水都会湿透衣衫，然后在疼痛中昏昏睡去……一直持续到生下你的前一天，我每天都要呕吐 3—5 次。那时我好怕，怕你因为我营养不良而不健康，怕你又瘦又小。不过很欣慰，像是一个意外，你出生时将近九斤。我自己都不敢相信，可这确实是真的！

儿子，女人生了宝宝是要做月子的。你现在还不懂，以后会知道的。那段日子好折磨，妈妈什么也不会。由于你爸爸工作的缘故，我们住在那么一个陌生的鬼地方，一个亲人也没有。妈妈不知道你为什么哭闹，不知道你为什么拉肚子，不知道你为什么会打嗝……什么都不知道，还好，妈妈是学过医的，虽然是含着眼泪摸索的，但你真的因此没了那些小毛病。妈妈为了不让你尿床，一夜几乎是睡不了多久的，要一次一次地起来把你撒尿。你很不配合我啊，我把你撒尿时，你肯定是呼呼大睡；我刚一把你放下，你就会尿湿一床被子。有一次真是快被你气疯了，足足把了两个小时，最后我还是没犟过你，在把你放到床上那一刻，"水龙头"打开了！因为你经常哭闹，常常要哄好久，因为久坐，妈妈在月子里得了严重的腰椎劳损，至今未愈。

儿子，你小时候是超胖的。四个月时你净重25斤，很重。很多人喜欢你，只要带你上街，必定是很惹人眼目。不过你太重了，妈妈抱不动你，那个时候真希望有人能帮我一把，哪怕一天也好，又累又困！终于在你爸爸休息的一个周末里，妈妈终于如愿以偿地睡了整整一天，但是你也睡了整整一天！

儿子，你五岁以前从来不睡早觉，这让我很苦恼。就像你现在从来不早点起床一样，我真是苦恼极了。那时我好累，想美美地多睡一会儿，可是你从来不心疼我，总是破坏我的好梦，不对，那时好像连梦都没时间做，只想痛快地睡觉！

日子在你的陪同下一天一天度过，飞快！妈妈忘记了你怎么就已经七岁了，怎么就是小学生了。那些艰难的日子是怎么熬过的？不打开日记竟然忘了你在成长过程中的那么多有意义的事！看着那些记载，妈妈突然觉得自己好伟大！妈妈没有依靠任何人，把你一手带大，成了小小男子汉！

四五岁时的你会说很多英语单词，认很多汉字，背许多儿歌，还喜欢跳舞。大家都说你聪明，我很骄傲。可是现在你好调皮，好贪玩，没心没肺的，什么事都不在状态，大大咧咧的。妈妈理解你，但也免不了有时很生气。现在有些事你不理解，但你终究会懂，人生没有回头路，因为只有一辈子给我们活。在这仅有的一辈子里，年轻又那么短暂。

记得你很小的时候，走路总不安分，摔跟头。我总会说："儿子，自己站起来！"我很少像其他的父母那样跑过去扶你。虽然那一刻我的心里很难受，但我还是坚持那样做。因为我希望儿子你——作为一个男人要坚强、勇敢地面对挫折、摔打、错误、麻烦以及人生的任何琐事；希望你长大后，面对困难能从容，不依赖，不退缩！因为你是独子，没有兄弟姐妹。你长大时，父母已经老去，不能再帮助你，反而要依靠你，所以你要做一个坚强的孩子，有担当的孩子！

儿子，妈妈看着你总是无限的幸福。你是我的天使！我希望你最出色、最耀眼！但你不要因此而有负担，只要你在人生的路上脚踏实地地尽力而为，妈妈就会很知足了！

给孩子一点吃苦的机会

全市要举办一次运动会，开幕时间定在 5 月末。儿子所在的学校准备出一个节目，是由平均年龄九岁的 400 名同学组成的大型方队，共同表演一个团体操。

学校校长为了让孩子们演好节目，从学习时间里挤出了所有的空闲进行操练。可是第一个下午下来，就有同学流了鼻血，眩晕，肚子疼，还有几个同学干脆要退出。这种情况的出现不仅仅是因为这团体操的每个动作操练起来有一定的难度，更可怕的是要顶着日头整个下午都在操场上站着，晒着。孩子们确实是太娇贵了，这样的活动对于这些温室里长大的孩子来说，无疑成了一种惩罚，他们禁不起任何风吹雨打。

儿子放学回来的时候，一进门就把书包丢在地上，要死要活地喊："累死我了！"班主任老师打来电话给我，他说："这个团体操练下来确实很辛苦，现在的学生身体素质普遍很差，如果你不同意孩子参加这样的活动，我可以让他退出来。"

我说："为什么要退出来呢？孩子本身就很少参加锻炼了，除了学习好像真的没有别的事可以做一样，好不容易有这样一个吃苦的机会，为什么不让他试着去吃点苦头呢？"

班主任说："我们做老师的是怕家长不理解，你看刚刚放学的时候就有家长找上门来，说自己的孩子如何如何吃不得苦头。"

我在电话里给班主任吃了一颗定心丸，这个苦一定要让他吃，他会在这400人的大集体里找到属于他的责任感和荣誉感。

之后的日子，每次儿子练操回来，我都很关心他操练的情况。我告诉他，在一个大集体里，不能做那个滥竽充数的人，要认认真真地做好每一个动作，因为你一个人做不好，就会使400人的努力全部前功尽弃。这个团体操是要在全市的运动会上，演给全市的老百姓看的，你一个人不努力，就会让整个集体在全市人面前出丑。

九岁的儿子很幽默地对我说："妈，我明白你的意思，我一定努力，不会因为你儿子这一根臭鱼腥了一锅汤的。"他还很神秘地告诉我，"这个节目是要上电视的，我怎么能不珍惜自己在电视上抛头露面的机会呢？"

呵呵，我不禁偷笑，400人，就算上镜又能看出谁是谁呢？我没有拆穿这个秘密，不管怎么说这是儿子努力的动力。

一段日子下来，儿子的小脸晒黑了，喊累的时候却越来越少了，问他累不累，他说已经习惯了。我心里得意，支持儿子这种习惯，这种习惯对他来说是多么的难能可贵！今天的孩子所缺少的就是这种习惯，能吃苦的习惯。

运动会的开幕式上，在表演节目的时候，儿子学校的团体操上演的时候，观众席上一片叫好声，大型团体操表演水平超过了一个高中组、两个初中组，要知道他们可是一群平均年龄九岁的孩子。但我觉得这都不重要，重要的是，孩子坚持下来了，从这看似辛苦的活动中重新认识自己，审视自己，让自己从中体会到，努力的结果必会迎来欢笑。

蛋炒饭

儿子很挑食，鸡鱼干脆不吃。我总换着花样地给他炒清淡可口的蔬菜，但儿子都寥寥几口就放弃了，总是吃不出那种看上去狼吞虎咽让我很欣慰的感觉。儿子吃什么对胃口一直是我的难题，每到做饭时，我就要问他今天想吃什么。看儿子那样子好像吃饭对他来说也同样挺为难的，他不知道该吃什么。我提醒他，样样地叨咕在口中，儿子听了毫不兴奋，最后麻木地打发我，随便！我很生气，对于我这样对他如此虔诚地厨娘来说，这世界上最难做的饭就是"随便"了。

在小区里，有一个叫希尧的小朋友经常和儿子一起玩。希尧的爸爸妈妈离婚了，他和爸爸还有爸爸新娶的阿姨一起生活。他的家庭条件非常好，儿子总羡慕希尧说："他的零花钱一周就要一百多呢？你看你多抠门，把你给我的零花钱省吃俭用的攒了一年，我才攒了三十多元。"其实儿子这样说的时候，我挺心酸的，我在心里说，对不起，儿子，原谅妈妈不能给你那么多零花钱，不要说一周一百多，就是一周50、30妈妈也给不起，一周一百多相当于我们家三口人一周的买菜钱。

我问儿子："希尧怎么吃早饭？"

儿子说："楼下的早餐部啊。"

我问儿子："希尧晚上九点多了为什么不回家？"

儿子说："他爸爸去应酬，阿姨去打麻将了。"

我说："如果我每天让你去楼下早餐部吃早饭，晚上让你等我到九点还回不了家，你会不会觉得很幸福？"

儿子说："我不幸福。"

"为什么？"我问儿子。

儿子说："我不知道，但希尧说他那样就不幸福。所以我想我也会不幸福。"

儿子说："你知道吗？妈妈，希尧特别喜欢吃蛋炒饭，但是没人给他做。他说他爸爸忙，阿姨没空。"

我听了又是一阵心酸，一顿蛋炒饭很费时间吗？

"妈妈，蛋炒饭，我也想吃。你能做给我吗？"

我说，可以，你去把希尧叫来吧，叫他来和你一起吃。

"他不会来的。"儿子埋着头摆弄他的玩具说，"希尧说了，吃了别人妈妈炒的蛋炒饭，他心里会很难过。"

我有泪落下来，给儿子炒蛋炒饭的时候炒得格外用心。

炒好了端给儿子，生怕儿子吃两口又放下了，我突然情绪激动地捧起儿子的小脸，望着儿子说："儿子，你会珍惜妈妈给你炒的蛋炒饭吗？"

儿子被我弄得莫名其妙："妈妈，蛋炒饭很贵吗？"

看着儿子长大

周末，去商场给儿子买衣服。

夏季来了，儿子长高了，去年的半袖都小了。在商场里闲闲地走着，想象着哪一件童装穿在儿子身上，会让九岁的他变成一个帅帅的小伙子。看上了两件小T恤，还有一件白色棉线带绿色条纹，印有卡通图案的运动衫。

回到家，叫儿子试衣服。他穿上T恤，果然整个人棱角分明起来，很好的身材，不胖不瘦，天生的衣服架子。可他却一转眼脱下来，换上印有卡通图案的运动衫，很快乐地说："妈妈，这个图案真好玩！"高兴地站在镜子面前照来照去。

看着他开心的样子，我也很开心，叫他把新衣服脱下来，丢在清水里泡一泡。新衣服要洗过才可以穿。

洗着衣服，儿子嚷着要去爷爷家。我送他过去，要穿过一条很长的巷子。走到一半，我停下来看着他自己往前走。"宝贝，你去看看爷爷家有人吗？爷爷在家的话，你就自己进去吧。"

儿子"噔噔噔"跑过去，到了门口，对着我挥挥小手，示意我家里有人，让我回去。那一刻，我竟万般滋味涌上心头。

儿子小时候，很白，很胖。那时我患了严重的腰椎劳损，连坐着吃饭都不能，更别说抱他了。他睡觉的时候，我就趴在旁边看，看他肉嘟嘟的样子，好招人喜欢。他醒来的时候，我又会很烦，因为我什么也做不了，整个人好像只是为他而活。以前喜欢的那种窗明几净、倚窗读书的日子，全都打乱了，屋里屋外一团糟。

怕他哭，哭起来没完没了，不知道是怎么回事，担心他是不是病了。又怕他安静，本来活蹦乱跳的孩子怎么突然安静了呢？担心他哪里出了问题。不敢上街，尤其是遇到集市、很想出去看个新鲜的时候，看着儿子，就觉得是个小累赘。产后忧郁症，大概就是这么得的吧。

每一天，都在想他再大一点的样子，想象着有一天，他出落成玉树临风的翩翩少年，学业有成，携着女朋友站在我面前……

这么一想，时间仿佛长了翅膀，"嗖"的一下从眼前飞了过去。人生，就是如此吧。

给他试飞的机会

儿子八岁时，我从来不敢让他独自过马路，不敢让他一个人去上学，不敢让他下楼去和小朋友玩。总是怕他出意外，一想到那些意外，我就害怕得要死。于是我就像只老母鸡一样张着翅膀，严严实实地把儿子护佑在我的羽翼之下。

儿子有时候会不高兴，妈妈，为什么别人家的小朋友可以自己上学？为什么别人可以下楼和小朋友玩到很晚才回家？面对他的问题，我说出我的担心，他却不屑地说："我都长大了，我自己什么都能干。"我说："你才多高的小人儿，离长大远着呢。"

前些天，我生病了。不能接送他上学，我说给他包一辆出租车接送他一个月。儿子抗议，自告奋勇地说："妈妈你就让我自己上学吧，我保证安全回来。"没办法，我下不了床，出不了门，只好让他自己走。儿子一出门我就趴在阳台上张望，窗前的街道一直被我看到了尽头。儿子拐了弯没了影子，我的心还是惴惴不安。一个上午都不能静下心来，到了放学的时候，又数着时间想他大约几分钟可以到家，一旦超出了我的估算我又胡思乱想。

儿子每次满头大汗地跑回来，都得意地看着我："怎么样，什么事都没有吧！总是不相信我！"

走了几天，儿子又出幺蛾子：“妈妈我想坐公交车，我想自己坐车，自己去投币，我还自己没投过币呢。”我不同意，还是走着安全，坐车一会儿停一会儿走的，磕到碰到怎么办？儿子挺不服气地噘着小嘴说：“我们班的马晓宇天天坐公交，也没磕到碰到。为什么我做什么你都不支持啊？”我很矛盾，一面是担心，一面又觉得自己的担心也许真的很多余。索性大胆一次，找出两枚硬币给儿子。儿子说，一个就够了，我说都拿着，看万一不小心弄丢了一个，那个可以拿来应急。儿子接过去高高兴兴地跑出去了。他站在我家窗前的马路边上等公车。看见儿子站的位置我的心突然咯噔一下。儿子站的不是站点，离站牌要有一段距离。儿子下楼的时候忘记告诉他要在站牌下等公车了。一辆3路车驶来了，儿子快活地挥着小手，车子没有停，我看见儿子愣愣地看了一小会儿，紧接着呼呼地跑了起来，向3路车追去。车子在站点停了一下，儿子差几步就赶上了，可是车又开走了。唉，车子太大，儿子太小，也许司机根本看不到他。我看见儿子抹了一把汗，继续站在那里等，十分钟后又一辆3路车开来了，儿子把小手举过头顶高高地挥动着，车停了。车又开走了。儿子也跟着不见了。我想他上车了，我深深地出了一口气，眼泪却下来了。

晚上他放学回来的时候，一边吃着饭一边滔滔不绝地说：“妈妈，中午等车我站错地方了，应该站在站牌底下，要不车是不停的。以后你坐车可要记住了啊。”我点头说：“嗯，多亏你告诉我，要不我都不知道。”儿子很得意地笑了笑，晃头晃脑地吃着饭，就像他做了一件很了不起的事一样。我在那一刻意识到，有些想法真的只是我一个人的想当然而已，应该放手让他自己去做。爱他，就给他试飞的机会。

童年的"六·一"

　　属于儿子的节日到来了，儿子很兴奋，说是在儿童节这天，学校组织了联欢会。儿子主动提出要在联欢会上表演一个节目，和几个男同学一起表演《江南 Style》儿子练习舞蹈的时候很认真，每天写完作业就把电脑打开，随着音乐蹦来蹦去。看着他像一头欢实的小毛驴，我也仿佛跟着他一起回到了童年。

　　我的童年是很简单的，记忆里的"六·一"，总是去野游。我们的学校北面，三五里路的地方，是一条小河。去那条小河要穿过一片树林。我们每次去野游的第一站，都是在老师的带领下，在那个树林里做游戏。游戏有很多种，一种是把红领巾系在远处的树上，几个同学站在起跑线上听到口令后，往系着红领巾的那棵树处跑，谁第一个把红领巾摘到手里，谁将成为下一场游戏"找宝"的藏宝人。藏宝人的权力大，藏什么样的宝贝由他说了算。有的宝贝是一张纸条，纸条上写着一个题目，或是唱歌，或是跳舞，或是做一个让人十分难看的鬼脸、动作，有的宝贝则是一支笔或者别的学习用品，也可以是一枚煮熟的鸡蛋。找到纸条的人就要按照纸条上出的题目去做，找到鸡蛋的人就不一样了，可以坐在树根底下美美地大餐一顿。所以大家都希望找到鸡蛋。

　　在树林里找完"宝"，时间也就差不多快中午了，这时我们就在树荫里打开早晨从家里带来的午餐，煮熟的鸡蛋鸭蛋，白面饼，小水葱，煎鱼……各式各样的家常饭，在一块大帆布上围成一圈摆开。你吃我一块肉，我撕你一张饼；你抢了一个煮鸡蛋，我定要捡你的大鸭蛋拿一个捞回来。一顿午餐吃下来，疯疯闹闹，追追赶赶，总是要被班主任呵斥了几声才能安静下来。

下一站就是去小河了，小河里的乐趣最是无穷了，男生这个时候都是格外的勇敢，退了褂子，跳到水里，噼里扑腾地打起了狗刨。还有的男生甘愿当起了护花使者，他们两个一组，划着小船，载着我们这群胆小的女生悠悠地驶到河水里去了。在校园里的时候，男生和女生经常是阶级对立，一张桌都要画上三八线，你不能过我的界，我也绝不越过你的地盘，弄得就像老死不相往来一般。可这会儿，全变了，大伙儿说说笑笑，水里的男生朝小船里的我们泼起了水花。我们也毫不示弱地向他们掀起波浪，为我们撑船的男生见机行事，随时调转船头，以便我们处于有利的水势，好在两军交战的过程中胜券在握。女生这会儿也不娇贵了，主动帮男生看管衣服、书包和饭盒。大家在一起相亲相爱，把平日里的小矛盾、小记恨都抛向九霄云天了。那时候真好啊！我们回归本真，回归自然，像一群快乐的小鸟翱翔在蔚蓝的天空下，找到了属于自己的春天。

儿子的一曲《江南 Style》终了了，又一曲紧接着循环起来的时候，儿子伸出肉嘟嘟的小手，抓住我说："妈妈，我教你跳骑马舞吧，这个在我们学校可是相当受欢迎的。"我随着儿子的指点手舞足蹈，却脚步凌乱。我想我跟不上儿子的步伐了，不是我老了，而是我们的童年都将在记忆里珍藏一段唯有自己才懂的时光！

儿子，你还没长大

我已经不愿意回忆我童年的样子了。模模糊糊的印象里总是有干不完的家务。我常常想如果再让我回到童年，我一定努力做功课，把那些再也找不回来的东西全都找回来。

这些，儿子不懂。

儿子为了逃避作业总是有很多办法对付我。终于老师忍无可忍了，把我叫到了她的办公室。我陪着儿子一起挨训。儿子不以为意，而我却在爬上那栋教学楼时就泪流满面。为什么他就不懂得珍惜呢？

我小的时候，上学要走六里路，风风雨雨一个人，背着硕大的书包，穿过树林，还有一片坟茔地，路两旁是接连不断的庄稼。我很害怕，不停地跑，每次跑到学校都满头大汗。小学三年级的时候，学会骑自行车了，自行车和我一般高，风和日丽的日子，我骑着车子还可以，一旦遇到刮风的日子，太瘦、太单薄的我就只能推着车子走。下雨的日子就不用提有多窘迫了，车轮里堆满了泥巴，前进不得，后退不得，哭也不是，笑也不是。

放学后回到家里，鸡飞狗跳。种地的父母还没回来，我要生火做饭，喂猪喂鸡。做饭的时候够不到锅台，就踩在小板凳上，或者蹲在锅台上。把所有的家务都做好了才能安下心来做作业。

可儿子现在不同，我舍不得让他做任何事情，总怕耽误他的学习。为了节省时间，上学放学几步远的路我还要骑摩托车接送他。给他单独的房间休息，给他单独的房间学习。他做作业的时候，我和爱人轮流陪在他身边。然而，他还是觉得学习是件很麻烦的事情，用他的话说，自己简直是被操控了！而且还用他稚嫩的声音控诉我："妈妈，我美好的童年被你扼杀了！"这简直不是八岁的他说出的话，我甚至有点动摇了，感觉自己正在毁掉一个人的快乐，一个孩子的快乐被我亲手掐死了。

我流泪了！隔一日便满嘴大泡，喉咙也溃疡了。

我想更懂儿子，我把他的爸爸从我的床上赶走，让儿子成为我的枕边人。他真的很累，每晚作业最早也要写到九点，写着写着就磕头了。如释重负地写完了，爬上床时，我想和他说说话，他一只小手搭在我的脖子上，小呼噜就均匀地打响了。我看着他的小脸，突然又可怜他。他的童年是挺单调的，儿子下楼的时间都很少，学校、家两点一线的生活，让他偶尔见到一个同龄人就想把自己最好的东西全都给对方，为了换得对方多陪他玩一会儿。

我有那么一刻幡然领悟了儿子之所以不懂得珍惜的缘由。因为他还没长大，也没经历过我所经历的。他不知道人长大了有一种叫作后悔的东西，会纠缠他一生。

有失必有得，有得必有失。

然而得失之间，孩子，已经长大了的妈妈该为你如何选择呢？

来自儿子的午餐

本来好好的，得了重感冒，躺在床上昏昏沉沉的一个上午就过去了。看看床头的小闹钟，时间已是十点半了。儿子的暑假还没有结束，一个上午一直坐在床边守着我，一会儿用小手摸摸我的头，一会儿从口袋里掏出一块小饼干，自己咬一口，把剩下的一半塞到我的嘴里。他问我："妈妈你饿了吧？妈妈渴不渴啊？"真的是饿了，可儿子的小饼干填不饱我的肚子。最后还是儿子忍不住了："妈妈，我饿了。"

"饿了？可是咱们吃什么啊？我一点都不想动。"我说。

"妈妈，我给你煎土豆片吧。我和爸爸去吃烧烤时烧烤店里的土豆片可香了。我想到了一个既省钱又可以吃到美味的办法，就是用平底锅煎土豆片。"八岁的儿子嘴里含着半块饼干滔滔地说。

"哈，得了吧你，小人儿，连灶台都够不到，还煎土豆片呢？"我不屑地说。

他受了打击，委屈了。"求求你了，妈妈，就给我一次大显身手的机会吧。"见我依然不理他，有几分愠怒了，小脸上满是不服气。"凭什么大人想干什么就干什么啊？凭什么不让我学做饭啊？凭什么小孩就得听大人的话啊？"

啊？凭什么啊？我答不出来了。觉得自己挺没理的。"那你去做吧。我豁出去了！"

儿子乐颠颠地跑到厨房拿了一个大土豆喊："妈妈，土豆挠子在哪里？"

我忍着不舒服起床去给他拿。儿子蹲在垃圾桶前笨拙拙地削土豆皮。

一会儿又听他喊："妈妈，土豆怎么洗？"我再次下床给他打开水龙头去冲。洗好了他说："你回屋躺着吧，一会儿做好了我叫你。"我说："我怕你切到手。"他不高兴了："咋就那么不相信人呢？"我只好回床躺着，心想切你一下也好，让你长点记性。正想着厨房里"啊"的一声，接着儿子哭咧咧地朝我跑来。我的心一紧，想定是切到手了，呼一下坐起身，他已站在我面前，嘿嘿一笑："骗你玩呢，我看你紧不紧张我！"转身又走掉了。

高烧的作用下，我迷糊糊似乎睡了，只听又是一声大喊："妈妈，把燃气灶给我打开。"我一个机灵起来，三步两步跑进厨房，告诉他以后大人不在家千万不要乱开燃气灶，会煤气中毒的。打开了火，看了一眼菜板上儿子切好的土豆竟然是大小不一的条条，憋不住笑了，却不忍再说他，暗想："看你怎么煎？小孩这么爱逞能，看看会不会知难而退？"他可不管，把平底锅架在火上，放了少点的油，小心翼翼地往锅里放土豆条 (已经不是片了)，放着放着自己也烦了，抓了一把扔到了锅里，再用筷子去摊。我在一旁看着，只要不弄出火灾我不想再发言了，我突然觉得孩子总有孩子的招数，在困难面前会思考出自己的办法去解决。儿子很用心地在做，一会儿大火，一会儿小火，生怕弄糊了，脑袋上的小汗珠细细密密地滴下来。见我一直看着他，嘿嘿冲我一笑："妈妈，看，金黄色！一定好吃极了！"我说："我都等不及了！"

儿子终于用小碟子将土豆一条条地盛出来，端到餐桌上让我尝。土豆的香气满屋四溢，我觉得儿子很棒，做出了非常好吃的样子，告诉他我面前这个小孩真是让人佩服啊！

儿子不好意思了，笑中带着一丝羞涩。我想儿子长大的过程原来这么简单！

2007 年日记两则

2007 年 5 月 14 日的日记

1

五岁的儿子是个动画迷，而且酷爱看中央一套《大风车》栏目每晚播出的动画片。可是周末中央台一套不播《大风车》，自然看不成动画片。

墙上挂的日历周一到周五都是黑字，周末是红字。我告诉儿子，凡是黑字的日子就演《大风车》，红字的日子不许闹，闹也不演。

儿子对着日历看了又看，心中十分不满："妈妈，周末不播大风车，我们不过周末！"我怎么和他解释都没用，他噘着小嘴对着日历嚷嚷着："不过红字的日子！"

昨天又是周末，儿子站在自己的小床上对着日历看了很久，我没理他，忙自己的事情去了。不一会儿，听见儿子大喊："妈妈快过来！这回红字日子过去了，快点放动画片吧！"我过去一看，周末这一页被儿子给翻过去了，翻到了周一。

我大笑不止，我可爱天真的儿子啊，不论你一下子把日历翻过多远，日子还是要一天一天过的。儿子不依不饶："红字的日子都过去了，电视里一定演《大风车》呢。"我知道我和他是没理可讲了，无奈打开电视机，一个台一个台地找，终于在中央4套找到了周末正在播放的《动画城》，成全了我家这个动画迷。

2

儿子五岁，由于工作的关系我们举家搬去了农村，那里风很大，没有闭路电视，家里的电视机只能收来中央一套的节目。

儿子是个小动画迷，尤其是中央一套《大风车》栏目每晚播出的动画片。可是周末中央一套不播《大风车》，所以一到周末儿子就闹得不可开交，一股子不看到动画片不罢休的气势。

墙上挂的日历周一到周五都是黑体字，周末是红体字。我很无奈，指着墙上的日历告诉儿子："凡是黑字的日子就演《大风车》，红字的日子代表周末，就是说人家动画片放假了，所以你不许闹，闹也不演。"

儿子对着日历看了又看，心中十分不满："妈妈，周末不演大风车，我们不过周末！"我怎么和他解释都没用，他嘟着小嘴对着日历嚷嚷着，不过红字的日子！

我和他理论不清了，只好不理他，任他站在小床上又吵又闹。我到外面去忙自己的事情了，忙了一会儿，听见屋子里没了动静，我又有些不放心，偷偷地透过玻璃窗去看他。我看见儿子正站在小床上，对着日历发呆，看了很久，他把红字的那一页翻过去了，然后大叫起来："妈妈快过来！这回红字的日子过去了，快点放动画片吧！"

看着儿子那天真可爱的样子，我大笑不止，却又涌出几分心酸，因为不论他一下子把日历翻过多远，日子还是要一天一天过的。我依然放不出动画片来。

儿子不依不饶，红字的日子都过去了，电视里一定演《大风车》呢。我知道我和他是没理可讲了。

只想着等他长大的时候，我要告诉他，我们曾经一起度过那么一段艰难的岁月。每一个孩子都有一个天真宝贵的童年可以用来无理取闹，却给了我们那么多殷实的快乐。

让爱心在幼小的心灵扎根

早听说西郊胡同的街口有一个爱心孤儿院，收管的都是一些残疾的儿童，大多是孤儿。中秋节将近，我准备带儿子去那里看看。不知能为那些孩子做什么，就把自己平时收集来的衣服装成一大包，又买了37盒五种馅儿的月饼，回来后每盒都打开，和儿子一起把五种月饼重新包装，让每一盒里的月饼保证五种口味。

因为事先和院长通了电话，院长已早早地把孩子们聚在宽敞明亮的教室里，我们走进去的时候，他们正规规矩矩地坐在那里，带着翘首以盼的心情，迫不及待地看着我和儿子。为了和孩子们多相处一会儿，我先拿出那些衣服给适合的孩子试穿。结果由于大小不合适的原因有几个孩子没有得到，我看出他们有些不愉快了，像是被我冷落了一样。我不知如何是好。

儿子花掉了自己的零用钱也准备了几样小礼物，有玩具车，还有几只钢笔。儿子灵机一动解了我的燃眉之急，儿子说："妈妈把我的礼物送给那些没有得到衣服的孩子吧。"我欣然答应。儿子把自己的礼物掏出来，高高兴兴地送到那几个孩子的手中，发完了还教得到玩具车的孩子怎么玩那些玩具车。

发月饼的时候，儿子全权代理，像突然长大了一样，带着满脸的热情，微笑着把月饼一盒一盒地送到那些比他或大或小的 37 个孩子手里。我看到有的孩子接过月饼就哭了，儿子伸出小手给他擦了擦眼泪，还小声地安慰着："别哭，以后我会和妈妈常常来看你。"儿子说得是那么真诚，就像面对自己的兄弟姐妹那样。我想我们这样的举动在他幼小的心里，一定有了一次小小的震撼，觉得不虚此行。现在的孩子被爱牢牢地束缚着，只想索取爱，不懂如何付出，他们被锁在安逸的生活里只顾享乐，他们不知道这世界上还有那么多和他们一样的孩子，早已离开了父母的温柔乡，或者从一生下来脑子里就压根儿没有叫过一声爸爸妈妈。我带着儿子在这所孤儿院里虽然仅仅是做了一点力所能及的事情，却让儿子幼小的心里埋下了一颗爱的种子，爱父母，爱他人，爱无助的生命，也珍惜自己所拥有的尽管不是最好，却享尽了父爱和母爱的生活。

第二辑　亲情·呼唤

守身即孝亲

从小村辗转到小城，人也从一个闲人变成了忙人，很多从来不曾做过的事情呼啦一下都挤上门来，把整个人弄得焦头烂额。偶有空闲又想着约上三朋两友小聚，记得给父母打个电话的时候也是常常猛然想起来才拨过去，说上三言五语，电话那头兴致很高，这头却没了心情，就匆匆收线。

看别人写文章，提及父母俨然都是孝子贤孙，我却因此而羞于提笔。从小到大，我倔强叛逆，和母亲相处得就像上辈子的死对头，今生狭路相逢一般。唯和父亲算是融洽，也不过是井水不犯河水的关系。我一直觉得自己孤独的内心不能被父母所理解，却也没曾想过父母因为我这一颗不按常规生长的种子，几度心碎成片或者泪流成河？

曾梦想着一辈子独身做个钻石女光棍，不想着在父母的三令五申之下，竟意外谈了一次恋爱还成了人家的老婆。以为结了婚自己这一辈子也就毁了，破罐子破摔，安下心来和人家好好过日子，还认认真真给人家生孩子。终于有一天我因我儿犯了一个不可饶恕的错误 (他在我不知情的情况下翻了我的钱包还拿了我的钱) 时，我一气之下，忍痛责罚了他，而后我躲在沙发里哭得不知如何是好。那一刻我突然想起了我的父亲，小时候哪怕我犯了天规，父亲也从没责罚过我一下。他会小心翼翼地和我讲道理，可惜我左耳进右耳出，全当他是耳旁风。正所谓"不养儿不知父母恩"。

有一年，和爱人吵了架，哭哭啼啼出了家门，走在茫茫街道，方知大千世界，我竟无处藏身。本不想给父母添忧，却发现那一刻除了他们我无依无靠。电话握在手里忍不住拨了过去，句句哽咽，泣不成声。老父在电话那头焦急地说："有事回家来说，天塌下来有爸爸给你顶着！就算谁都不要你了，爸爸有一口气就养着你！"

跑回了家，孤独和害怕的心有了依靠。看着老父满头的白发，不免悲从中来。多大的人了？夫妻吵架也要劳他伤心伤身？心中悔恨自己实在不该惊动他，哪晓得老父坐到了我的旁边，说了时隔多年我还记忆犹新的话。我的心里那时布满了阴云，老父说："住两天赶紧回去，两口子没有不打架的。两个人一辈子要磕磕绊绊才能走到老，你要知足，要常想想他的好。你的男人没有做对不起你的事，也没有犯婚姻上原则性的错误，就算犯了，你也要给他改正的机会。人，是不能一辈子都不走一点弯路的。结了婚的人，是万万不能再使姑娘家的小性子的。天底下没有再会像父母那样去包容你的人！"

我也不是毫无半点良心的人，只是对父母的养育之恩没有在太早的时候就懂得去回馈。看过一篇文章叫《人生有太多的来不及》，意思是说在父母的有生之年尽自己的所能对他们好，切莫等到"子欲养而亲不待"之时，才去忏悔自己曾经的过错。那篇文章给我触动极大，我看过大有痛改前非之意，尽我所能去弥补我曾经的叛逆给父母造成的伤害。我尽力去记住父母的生日，时常打电话，节假日最好回家。

前年，我在一场大病里死中逃生，术后，昏迷了五天五夜的我睁开眼看到的第一幕，竟是我的老父正站在我的床尾，看着插满一身管子的我默默地流眼泪，猛然间想到所说的大恩不言谢，就是说养育之恩吧？对养育之恩又怎一个谢字了得？所谓的报答，父母其实什么也不想要，"守身即孝亲"啊！

家

父亲在我的印象里，一直是一个沉默寡言的人。他言语不多，笑的时候也不多。如果从一个人的表情可以透视一个人的内心的话，那么在父亲的表情里，你看不到所谓的快乐。

我 12 岁的时候，父亲遭遇了一场车祸，昏迷了三天三夜。母亲默不作声地守护着，甚至没有眼泪。她说："你爸爸一定会醒过来的，他是我们的天！"三天三夜原来是个很漫长的等待！父亲睁开眼睛那一刻，我和弟弟一并站在他的眼前。父亲无力地摸了摸年幼无知的弟弟的小手，抬起无力的眼皮看着我，最后把目光久久地停留在母亲身上。医生告诉母亲，可能是最后一面。母亲依旧没有哭，她摇着我的肩膀说："不可能！不可能！你爸爸心地善良，一辈子没做过对不起良心的事，他一定会好起来的！你要和妈妈一样坚信你爸爸会好起来的！不要哭！"她转过头坚定地对医生说："他一定会好的，哪怕残了、瘫了，只要还活着，我们就还有一个完整的家！"那是我第一次体会到父亲原来在我心里占据着一个十分重要的位置，一点也不次于母亲的位置！我依赖他的程度不在生活表面这个层次里，在心底的精神领域里。我深深地感悟到父亲是一棵粗壮的树，母亲领着我们在树上筑了巢。一旦这棵大树倒下，我们的家就会支离破碎。

七天之后，对于我们就像是熬了半个世纪之久，父亲奇迹般地生还了。我听到了母亲号啕大哭的声音！我也知道我还能有一个温暖如初的家！

　　一直温暖我到幸福地出嫁——有了自己的家！

　　结婚，也可以说成家了。我原以为有爱就有家。可第一次和爱人吵完架后，我感到我的家并不稳固，像是行驶在浪里的船，飘飘忽忽，不能给我安全感。不过总是第一个平息怒火的爱人却告诉我，相爱不意味着不会争吵，吵架不意味着一定要分开，婚姻里不会缺少夫妻之间的拌嘴，我们还要经历更多的争吵。他说要我做好思想准备，不要把每次吵架都归结为分手的前兆。

　　我们有了一个孩子，一个容貌像极了他、神韵像极了我的孩子。在两个人共同倾心浇灌一颗种子的时候，我觉得家是上帝最慷慨地给予一个新生命来到这个世界，就拥有一个温暖的投靠。孩子成了这个家的核心，成了把男人和女人拴得更紧密的一根亲缘的线。我们渐渐地学会了在一方怒火冲天的时候，另一方选择用沉默来退让。尽管夫妻间的激情已逐渐消融为自己的左手摸右手的感觉，可是让人也不得不承认的是，"左手"和"右手"谁都离不开谁。我渐渐地觉得在一个家庭里，对于一个孩子来说，有父有母才算家；对于一个男人来说有老婆有孩子才算家。家虽然是一条漂流在岁月之河里的船，虽然象征着一个温柔的港湾，虽然是灵魂停靠的岸，而对于身为一个女人的我，家仅仅是愿意为我张开羽翼的那个男人庇护下的一片天！

妻

结婚已经 28 年了。

28 年里，他总笑她是他免费的保姆。她总是带着甜蜜和幸福，一笑了之。

然而此刻她正躺在医院的病床上，他像个失去主心骨的孩子，茫然无措地拉着她的手哭。

他想起，结婚第一年，他去外地出差，他的母亲病了，她怀着五个月的身孕，拉着毛驴才能拉动的小推车，把他的母亲送到乡里的卫生院，照顾了半个月他才回来。她的腿肿了，脸瘦了一圈。

结婚第二年，孩子出生了。母亲瘫在床上，她左边婆婆一摊屎，右边儿子一泡尿，一伺候就伺候了八年。八年，儿子上小学了，他的母亲去世了。

结婚第十年，他的工作调转，他进城了。家里没钱买房子，他为了省钱住单位的宿舍，她一个人拖着儿子又在农村过了三年。

结婚第 13 年，她总算享着他的福了，她领着儿子搬进了他在城里买的新房。为买新房欠了一屁股债，她看着他心疼，她贪黑起早去菜市场卖菜。他嫌丢人还和她大吵了一架，她不管不顾，和他齐心协力两年还清了债务。

谁料想，结婚第 14 年，他在一场车祸里撞折了腿，在床上一躺躺了半年。半年后，他总算痊愈了，她却什么也舍不得让他干。她说，只要有你好好的，能让我天天看见你比什么都强。

他以为日子从此安生了，总算可以消消停停过日子了。静下心来一看她，却发现她已经老了，鬓角斑白，眼角全是皱纹。而自己正事业有成，像是一个朝气蓬勃的少年，每天都有形形色色的女孩子围着他，这让他时常忽略了她。反正她总是安安静静，就如没有风漫过的湖，掀不起什么涟漪。何况，她是一个没有工作的女人，他想她得依仗着他。要不，面对那些谣言，她怎么会无动于衷，照样在他出去喝酒之前给他热一杯牛奶，照样在他参加聚会的时候把衬衫熨平，照样在他很晚很晚回来的时候坐在沙发里等他，照样见他一进门就把拖鞋放在他脚前，一杯氤氲绿茶恭候在茶几上。对于她所做的一切他觉得天经地义，习以为常了。

结婚第 20 年，儿子上大学了走了。而他工作忙得常常不能回家吃饭，他有时觉得她是这个家里闲置下来却还没有被解雇的保姆，暗笑她这辈子活得，寡淡无味。

结婚第 22 年，他乡下的弟弟来电话，说他 78 岁既糊涂又不能自理的父亲不愿过乡下的日子了吵着要进城里，他知道是弟弟不愿意养老了，大发雷霆一气之下摔了电话走了。是她把电话拨了回去，第二天又赶过去，把他的父亲接过来，像照顾小孩那样精心照顾了六年。

六年后他父亲走了，父亲临走时突然清醒了，拉着他的手说，你一路往前奔，从小村到城市越奔越远，那是因为你后顾无忧。俗话说家有贤妻男人不出横事。你媳妇对得起咱家。

那一刻他拿着眼镜去看她，正看见她拿着父亲的寿衣一件一件地熨着，像是在给父亲准备远行的衣装。

结婚第 28 年，父亲穿着她熨得板板整整的衣裳去了天堂。兄弟姐妹都来奔丧，都哭了。他看见她就那么不慌不忙地打理着，上上下下，里里外外。

父亲的坟土还未干，她就病了，嘴歪歪的，舌头也硬了。

他突然感觉他的世界空了，天塌了。他从来没有像现在这样害怕过失去她。他想，他要日夜守着她，给她煲汤，喂她吃饭，看着她打针吃药，鼓励她快点好起来。他把这些小声地叨咕给她听，他看见她的眼角流泪了，嘴巴漏着风很费劲地说：外面下……雪……了吧？你……加件衣……衫，别……感冒了……

祖母的疙瘩汤

祖母过世整整五年了。每每想起她的时候，记忆就像飘舞在风中的流苏，在脑海中晃动着，翻腾着，勾勒出一幅一幅让心情难以平复的画卷。

记忆里的祖母是一个非常小气的老太太，平日里父母下地去干活，有时候回来得很晚很晚，我饿得肠子肚子咕咕叫，也不敢去祖母的家里讨吃食，因为祖母会骂我是"讨狼"，说我会一顿吃光她和祖父两个人的口粮。

尽管常常正好赶上饭时被祖母赶了出来，但祖母还是有抵挡不住我死皮赖脸软磨硬泡的时候，那样就可以在祖母的饭桌上混一顿饭吃。虽然一顿饭吃下来，不知道要被她骂多少遍我是讨饭鬼，但我还是愿意留在她那里吃饭，因为总觉得祖母做的饭要比母亲做得好吃。

祖母在世的时候，能吃到她做疙瘩汤的时候并不多。小的时候，由于日子穷，祖母本来就仔细，白面又是稀缺的东西，平白无故是不会吃到疙瘩汤的；而长大以后，日子富足了，疙瘩汤又被很多美味挤到了被遗忘的角落。记忆里只那么一次吃到了祖母做的疙瘩汤，竟然终生难忘。

那天，学校组织课外劳动，干完活儿以后放学回家时已是月朗星稀的夜晚。我的父亲一向是反对学校组织小孩子去干农活的，所以每次遇到这样的情况我回来必定是要挨骂的，尤其是夜晚才回来，我想挨一顿毒打也不是不可能的。所以那天放学，我没敢回家，路过祖母的院子，见她屋子里的灯亮着，就悄悄地溜到了窗前，趴在窗台上向里面张望，看见她和祖父正在吃晚饭，桌子上放着一碟咸菜，每人捧着一碗疙瘩汤吸溜吸溜地喝着。我知道祖母小气，平日里她的玉米面饼子要是被我吃了她都心疼到半死，何况是珍缺的白面疙瘩汤呢。饿了一下午的我舔着嘴巴转身要走，准备回去挨打的时候，祖母看见了我。

她问我为什么不回家，我说才放学，怕回去挨打！

祖母那天格外大方地说，进来喝了疙瘩汤再回去，省得挨完打还要挨饿！于是我从窗子跳进去，喝了祖母整整三大碗疙瘩汤。还记得那晚到底还是挨了一顿父亲的责罚，但每每想到那肚子里装了一辈子都难以忘记的疙瘩汤时，就觉得，那顿打还是值得的。祖母的疙瘩汤不像珍珠，也没有翡翠，倒是有点像面糊糊，但是我就是说不清它为啥那么香，为啥在多年以后所有的美味都无法代替。人这一辈子要吃无数次的饭，要享受到无数种美味，而我独独难以忘怀的是祖母的疙瘩汤。

每次去饭店吃饭的时候，吃到最后，总有人会在点主食的时候，说每人来一碗珍珠翡翠白玉汤。说实话，每一次对有着这样好听的名字的疙瘩汤，我都心怀期待，希望能够再次品出当年祖母做的疙瘩汤的味道。但是我一次一次地失望了，祖母的疙瘩汤所留下的美味仍在我的嘴角飘香，那香味仿佛就近在咫尺，然而却遥不可及。这辈子，那样的香味，我再难寻觅了。

中秋节和向日葵

提起中秋节，我就想月饼，想起月饼，我就又看到了满屋顶的向日葵，13 岁时那个秋天依然清晰地雕刻在我的脑子里。

13 岁时的葵花熟了，是父亲用马车拉回来的。也是父亲站在马车上，一头一头扔到土屋顶上的，高高耸耸的，似一座小山。

中秋节和国庆节赶在了一起，放了七天假，那时候我们都叫那假期为农忙假。农忙假就得干农活。和父母坐在屋顶上敲葵花。

父母怕我和弟弟偷懒，就把大堆的向日葵划分成块，每个人都有自己的领地，谁先干完规定的任务谁就可以从房顶上下去玩。那天我们干得都很起劲，不仅仅是因为早干完活的可以下去玩，还因为那天是中秋节。父亲说了，先干完的给五块钱，去小卖店买二斤月饼，晚上全家人吃月饼看月亮。我和弟弟比着赛地敲打着葵花，都想接到那项光荣的任务。去小卖店买月饼是多么荣光啊！我们农民的孩子除了过年是不过节的，"五·一"劳动节我们要种地，端午节我们要铲地，中秋节我们要收庄稼，一年四季，只有过年的时候我们是闲着的，所以年才过得那么隆重。

而这个中秋节，父亲竟然手擎着五元钱让我们买月饼，虽然有了附加条件，可那又怎么能挡住我们对月饼的渴望呢？为了争到去买月饼的优先权，我和弟弟互不相让，盯着自己眼前的山丘，拼命地敲打着，想象着月饼的美味，越干越有劲。

　　可是直到太阳垂下去，月亮爬上来时，眼前的葵花还是没有打完。我想月饼一定泡汤了，越干越泄劲。

　　父亲看了看月亮说："再坚持一会儿就打完了，打完了一定给你们买月饼。我们都要说话算数。"

　　葵花打完的时候已经是晚上九点多了。我已经累得不行了，连去小卖店买月饼那荣光的事情也不愿去做了。弟弟也没了兴致。我们连衣服都懒得脱就躺在炕上睡着了。

　　第二天早晨起来的时候，我和弟弟的枕边各放着一斤月饼，那是父亲半夜里敲开了小卖店的门买回来的。

　　那是记忆里多么深刻的一个中秋节啊！

过年，让我欢喜让我忧

说实话，每每过年我都是很为难的。老公是家里的独子，我也是父母唯一的女儿，每到要过年的时候，婆婆就开始热火朝天地张罗，老早就把话儿捎给她的儿子，告诉他年货都已经办齐了，就等着我们一家三口回来过年了。其实我知道婆婆话里话外的意思是在提醒她的儿子，你务必要回到我这里过年。

我的母亲也一遍一遍地把电话打来，她问得总是小心翼翼，说她准备了很多好吃的，我要是年前回去，她就准备把冻货早早地化开；我要是正月里回去，她就留着年后再吃。其实母亲的意思也很明了，就是在问我回不回去过年。捎带还会让我觉得她生了个女儿多少是不划算的，对于过年回家这个问题上就显出了底气不足。

不管怎么说，我都很无奈，因为两头都是妈。

今年过年，选择去婆婆家，母亲是有些失落的。但她还是表现得很大度地说，正月初三就通车了，初三能回来就好。这话儿听起来是安慰我，实则是安慰她自己，最根本的含义还是母亲很着急，觉得初三到底还是比大年三十远了三天；初三日再怎么好也比不过年夜饭一家人一起团团圆圆。母亲说这句话的时候，我心里很难受，觉得我们农村有一句谚语说得是很正确的，十个桃花女，不如一个跛脚儿。至少，儿子可以守在父母的身边；至少，中国的传统习俗还是偏爱儿子多一些；至少，随夫回家过年就显得天经地义一些。

　　不管怎么说，婆婆是很开心的。婆婆在腊月二十七那天蒸馒头，婆婆蒸的大馒头是很诱人的，白白胖胖开着口笑。婆婆的口头语是，不吃馒头争口气。过年蒸馒头意味着日子一年更比一年好，有蒸蒸日上之说。我和爱人自然要随着婆婆忙前忙后，为了陪老人过一个开心快乐的年，我不得不把思念母亲的心情偷偷掩藏起来，偶尔跑进卫生间里，给母亲打个电话，怕母亲孤独，怕她在大过年里闹情绪。还好，母亲是通情达理的，她在电话里很温和地劝我说，不要惹婆婆不高兴，过年意味着新的开始，过年不高兴就会一年不顺当，所以要让婆婆开心，自己也开心。知道女儿是个孝顺的媳妇，她也会很开心的。

　　年夜饭，婆婆将丰富的家宴摆上餐桌。欢聚一堂的过程就是爱人和公公以及已经会捣乱的儿子频频举杯，他们和春晚的歌舞一起欢笑。我看见婆婆一脸的幸福。他们都幸福了，我也幸福。只是我惦念母亲，两个人的年怎么过？我连电话也不敢打。

　　初一一大早，在电话里给母亲拜年。

　　吃过初一的饺子，和爱人一起去爱人的亲戚家拜年。

　　初二一早，继续拜见爱人的亲朋好友。初二下午，婆婆有些伤感了，因为初三我们要走了。这个时候，我不用给母亲打电话就已经猜到她那头开始热火朝天地忙活开了。

　　初二的夜里，我一夜未眠。婆婆也辗转反侧。

　　可怜天下父母心。

　　初三一大早终于踏上了回家的旅程。

　　到了家，看到母亲印在夕阳的余晖里，我终于还是忍不住有泪水溢出来，过年，让我欢喜让我忧！

老夫老妻

父亲很少亲自给我打电话，每次都是母亲打，父亲守在一旁听着。偶然一次，我的电话响了，接起来却是父亲的声音，让我很意外。

父亲在电话里对我说："你妈病了，老说胃疼，你给你妈打个电话，让她去城里查查。"父亲冷不丁地关心起母亲的病，着实吓我一跳。

记得在我很小的时候，他们经常吵架，鸡毛蒜皮的小事。在我看来他们的拌嘴既无意义，又无价值。可是他们每次都吵得脸红脖子粗，关键时刻还要闹分居，几天几夜不说话。母亲最常挂在嘴边的一句话是："倒了八辈子血霉，嫁给你这么个没疼没热的男人！"那时候，我最担心的是，有一天两个人吵到分道扬镳，我就成了要么缺爹要么少妈的孩子。

一晃三十几年过去了，我的家还在，他们的婚姻还在。我问过母亲一次："你们吵了一辈子，不记恨对方吗？"母亲却近似哲理般地对我说："不吵架不是真夫妻。吵架其实也是一个彼此了解的过程。有些误会或者不满意就是通过吵架解决的。吵架就是我们的沟通方式，不像你们有文化的人，什么事都摆摆道理，要么憋在心里，日子久了，心里的结系死了，婚姻也到头了。我和你爸吵了一辈子，那是因为你爸是我最在乎的人，如果是一个根本没有住在你心里的人，你哪有什么兴致去在意他的对和错？"我听着母亲的话笑了，觉得她的解释强词夺理，不合逻辑。她却又告诉我："少时夫妻老来伴。你远在外地，一年回不来几趟，我身体不好，有个头疼脑热端水喂药，全靠你爸照顾。你爸比我还要大几岁，头发也白了，老了老了倒伺候起我来了。他担心我的身体，嚷嚷着要我做全身体检他才放心。"

我用电话把母亲约来做检查的时候，父亲也是一天几个电话，问母亲的病严不严重，还在电话里安慰母亲，不要急着回去，家里的一切他都能做好。母亲临走的时候，我挽留她多住几天，她说什么也不肯："你爸一辈子都没做过饭，我一走他就凉一口热一口瞎对付。你爸惦记我，我也心疼他，老喽，我们还要相依为命呢！"

娘的菠菜

在我们农村老家，过端午节的时候，好像没几个人舍得花钱买粽子吃。我小的时候，只听说过粽子，从来不知道粽子的味道。等我知道了粽子的味道的时候，也知道了那只不过是五月节里的一种形式，转眼就成了过往云烟。而真正在心里打下烙印的却是我家乡的独特的五月节，我们家乡的人都叫端午节为五月节。

五月节，相当于一个小年了。孩子们都盼。大人也盼。最好谁家能把肥猪杀了，好去称上一斤二斤的肉，包顿饺子。这样的时候不多，但大人不会让孩子们白盼，把一个月以前就开始积攒起来的鸡蛋都用小筐挎回来，数出一定数量来。想怎么吃？今天当娘的肯定都听孩子的。

我小的时候，总是要煮着吃。煮着吃，风光，可以用手拿着，站到大街上去，向别人家的孩子显摆，这个五月节我们家是有鸡蛋吃的。娘是懂孩儿的心思的，但也不忘了在早晨的菠菜白面疙瘩汤里再给我们打上一个荷包蛋。荷包蛋是诱人的，躺在让人垂涎的翡翠白玉汤里，看着就让人心动。

娘的菠菜种得好，娘种的菠菜是专门为了等这五月节的。五月节一来，娘的菠菜就碧绿碧绿的，招来了满村人的眼睛。娘冲着人说，过节了，来割一缕菠菜回去！娘说："我园子里的菠菜好了，五月节早晨放汤打荷包蛋啊！"

所以五月节那天，半个村子都飘着娘的菠菜香。那时的娘，脸上挤满了笑容，皱纹里都是幸福。娘说，种菠菜就是种快乐。

娘之所以这样说，是有原因的。我们的村子那时候只有两眼井，东头一眼，西头一眼，西头这眼就在我家的院子里。西头的村民都来我家担水喝，没水，就什么也种不成。娘守着井，娘说，守着井就是占了大便宜了，所以这便宜不能就这么白白地占了，春天的青菜多金贵啊！五月节能喝上一碗菠菜汤是多眼人的事情啊！所以娘就早早地种菠菜，一遍一遍地翻地，一遍一遍地浇水。直到那喜人的绿色长出让人垂涎的模样来，五月节就来了，娘的快乐也就跟着来了。

如今村子里，家家都喝上了自来水，年迈的娘再不用喊"过节了，来割一缕菠菜回去！"可是五月节还在，娘的快乐还在，因为总会有人对她说："哦，又到五月节了，老嫂子，想当年你的菠菜可真是香啊，再也吃不出当年那个味……那个纯哦……"

母亲的鞋样儿

有一首歌里有这样一句唱词："最爱穿的鞋是妈妈纳的千层底儿。"每每听到这首歌，我就想起小时候母亲做鞋的情景。

小时候穿的鞋，都是母亲一针一线，起早贪黑赶制的。冬做单，夏做棉。我和弟弟小时候很淘气，走起路来不老实，常常不是穿露了鞋底，就是磨破了鞋帮，所以母亲要给我们做很多双鞋换着穿，难得空闲。

那时候做鞋用鞋样子，母亲常常跑去和我们年龄相仿的同伴家里，找好看的鞋样子，用牛皮纸"替"回来，板板整整地夹在一个大账本里。大账本是母亲从当大队书记的姑父那里要来的，用过的，写满了密密麻麻的字迹。可惜，母亲一个也不认识。不认识有什么关系呢？母亲不关心这些，母亲喜欢这个大账本，是因为它厚墩墩的、沉甸甸的，可以把她"替"回来的鞋样子一张一张地夹进去，这样就不会弄丢，也不会弄坏。

有一次淘气，翻出母亲的大账本拿出来画画，把鞋样子弄得满炕都是，杂乱无章。被母亲看见了，她当即愣住了，继而愤怒地打了我。然后我哭着看母亲坐在炕上捡起一张一张鞋样子，仔细地比对着。有鞋帮模样的，有鞋底模样的，一双鞋样放在一摞。母亲摆弄了好半天，终于把一炕凌乱的鞋样子又夹回了大账本。我看见她弄好鞋样子之后，开心地笑了一下。

挨打以后，再也没碰过母亲的大账本，它被放在了最高处，一个顶到屋顶的立柜上。我始终不能明白的是，那么多鞋样子，母亲是怎么记住谁是谁的，又不至于弄混呢？因为母亲不认识字，她是怎么标记的呢？

28 岁那年我结婚以后，领着爱人回家，爱人说要去草原上走一走。母亲看了看爱人的皮鞋说，去草原穿这个不合适，一定要为爱人做一双布鞋穿。爱人好奇，母亲做鞋他就在一旁看着，看到母亲放在身旁的大账本，他无意中翻了起来，翻着翻着就问："妈，这鞋样子上面怎么画了这么多小人儿啊？"

母亲笑了，拿过鞋样子一张一张地指点着说："这个画着老头的，就是你爸的；这个画着小男孩的，就是你弟弟的，这个画着梳小辫的小丫头的，就是小华的（我的）；小人儿旁边画着一朵花的，就是单鞋的鞋样子；画着……"我看着母亲面带微笑的脸庞，鬓角斑白，突然时空飞越，把我带回了母亲年轻的时候就着灯光为我们赶纳鞋底的岁月里。

穿千层底的日子一去不复返了，然而母亲的爱还是那么浓，记忆还是那么深刻……

人生要及时行孝

那天很冷很冷，我去外地看望一个朋友，恰巧朋友的父亲旧病复发了，帕金森。疾病使老人哆哆嗦嗦抖个不停，偶尔情绪波动，眼前常常呈现幻觉。

我去的那天，朋友说老人在半夜里抢着拐杖打碎了靠窗的一棵发财树，因为老人看见有一个人老是躲在树后面冲着他指指点点，于是老人愤怒了。

面对总是把家里搞得一片狼藉的父亲，朋友一笑了之，尽管生活因为病患的父亲而变得一团糟。

我目睹了老人病情的发作，他在屋子里一圈一圈地走来走去，拿着手电筒乱照一气，口齿不清地说要把屋子里藏着的人统统赶走。朋友怎么拉也拉不住，却像哄小孩那样对他父亲说："屋子里什么也没有，只有你的儿子！你要乖乖地听话，不听话就要给你打针，不听话我再也不喜欢你了，我就天天加班，那样可没人和你玩了 (老人最怕朋友加班，把他一个人留在家里)。"老人咆哮着挣脱掉，推倒了自己的儿子，朋友的头磕破了，我帮他简单地处理了伤口，随即他边给老父亲倒水喂药边说："幸亏摔倒的不是你，老胳膊老腿的不容易好。"他还熟练地给老人扎上了吊针。他自嘲地说："我都快成医生了，医生护士一把兼。"

朋友说，他的母亲在很早很早就去世了，走的那年不过刚刚 58 岁而已。

那时候家里很穷很穷，母亲是积劳成疾，又没钱医治，郁郁而终的。他总说，母亲的早逝是他一生的遗憾。母亲临去世之前睁着大大的眼睛看着他的父亲，用尽余力挤出一句话："我走了，你可怎么办？"那一刻，朋友抓着他母亲的手，泪流满面："妈，我一定会让父亲幸福的！"这是一句承诺！朋友牢牢地记着它。

岁月一眨眼，父亲就老了。

岁月一无情，父亲就病了。

朋友一边忙于工作，一边带着父亲四处求医，奔走于各地各大医院之间。医生说，最多活过两三年。朋友为此沉痛地哭过，因为生活条件刚刚好起来的他要把再也无法孝敬给母亲的爱全部倾洒在父亲的身上时，父亲的生命竟然只剩下两三年了。

他不能让父亲就这么走了，他需要父亲活下去！因此，国内最好的药、进口药源源不断地被白开水送进了父亲的肚子。

又是 15 年。

15 年过去了，父亲还有力气砸他屋子里的花花草草，他欣慰地笑了。他说："我感谢我的父亲还活着，让我还有机会孝敬他，让我的人生不至于那么遗憾。如果父亲也早早地去了，我可怎么向我的母亲交代？我向母亲保证过要让父亲幸福的。

"我不怕他闹，也不怕他砸乱屋子里的东西，我只希望他好好地活下去。幸福，就是让我的父亲好好地享受我这个儿子所能给他的一切。"

种麦的秘密

在我们农村老家，每年种麦子的时候，父亲都要打听一下周边地块的主人，问他们今年种什么。如果也种麦，我们家便也跟着种麦，如果人家种其他的庄稼，父亲就要考虑一下种别的品种了。

我问父亲，为什么人家不种麦了，我们就不能种了呢？父亲说，如果别人种高庄稼或者别的什么，我们的麦子长势就会不好，不通风或者授粉会受影响。只有连成一片了，经过风授粉之后，才能结出好的果实来。

我结婚以后，有了儿子。儿子转眼就念小学了。儿子很顽皮，十分淘气，上课的时候总是东张西望，老师讲课从来都是左耳进右耳出。这让我很苦恼，我曾在一周之内被儿子的班主任叫到办公室三次，最后我觉得面对儿子我完全无计可施。走出老师的办公室时我泪流成行。我气馁地想，儿子这辈子可能完了！我甚至悲哀地看到了儿子的将来，一个游手好闲的街头混混，抽烟喝酒打架，什么坏事都落不下他。那一天，我情绪低落到极点，回到家里坐在沙发上沉默不语。

后来，我打电话给父亲，哭着讲述了在孩子面前无能为力的苦痛。父亲沉默了一会儿说："他才多小个人儿啊，你就用这种心态对待他？孩子就是地里的小苗，你怎么伺候他他就怎么长。还记得小时候种麦的事情吗？"

我说："记得。"

父亲说：“要想吃到上乘的麦子，就是让周边的地块也种麦子，如果人家种谷子，种荞麦，我们的麦子也会长得参差不齐，甚至会长出杂七杂八的东西来。”

父亲说：“我只是想告诉你，孩子出了问题要一点一点地往回收他的心，你可以试着让他和一些优秀的孩子接触，让他和优秀的孩子成为朋友，自然而然地，他就会受到人家的影响，那样，你会发现孩子在不经意间就自己转变了。你让他在一个好的氛围中自己去领会，胜过你板着脸孔冷漠地训斥。”

我真的按照父亲教我的方法去做了，让他和班级里的学习委员成了好朋友；有时候，我还把儿子班级里几个成绩优异的小朋友请到家里做客，和儿子一起写作业。果真，一个月以后，儿子说出的话都变了。儿子说：“妈妈，我要把零花钱攒起来，我和学习委员约好了，攒够 30 块钱我们一起去书店买书。”儿子说：“妈妈，这次月考我很难过，我被席晓宣给落下四分……”

听见儿子能和我说这些，我欣慰地笑了，感谢父亲，教我种麦的秘密。让我知道了孩子就是地里的小苗，你怎么伺候他，他就怎么长！

最熟悉的陌生人

刘大离开家那年，是被他父亲骂走的，这一走就走了五年。五年的时间里，刘大从未回过家，就连他娶媳妇了，也只是在电话里通知了一声给自己的娘。他娘那天对着电话哭着说："刘大啊，你爹不就是骂了你几句吗？那咋还成了深仇大恨了呢？你家也不回了，爹不认了，娘也不要了吗？"

刘大不说话，对着电话心里还是翻腾了一阵子。打那以后，刘大每个月给家里寄一张汇款单，偶尔也打个电话，电话都是打给她娘的。他爹要是接了，刘大也不说话，啪嚓一下就挂了。他爹当年骂他的那些话他也不是记得很清楚了，想想也无非是说他是个没出息的孬货，这辈子都看不到后脑勺之类的蠢话。可刘大当时气愤的感觉至今还在，他就恨他爹对自己那种一碗凉水看到底的混样儿。这么多年不回去，就是想证明给他看，没了你我刘大照样活得好好的，照样娶老婆成家立业。和父亲较劲较了这么多年，心里也愧疚过，毕竟他是爹，养了自己二十多年，可年头越多越是拉不下脸子、放不下面子，想回去看看他的想法就一日一日地被抑制了，就连打电话喊他一声爹的勇气也渐渐丧失了。"爹"，成了最熟悉的陌生人。

刘大终于回了一趟家，那是因为他娘死了。

有一天夜里下雨，电话突然响了，电话那头不是娘，是爹。刘大觉得意外，这么多年，爹打电话给他，这是头一次。刘大听见爹在那头咳了一声，刘大的心猛地一紧，想问"你怎么了"，开口却说成了"啥事"。爹吐了一口痰说，"你娘死了，你要是不回来明儿我就找乡亲们帮忙出了。"就这样刘大回家了。

刘大原以为家在心里已经陌生了，只不过是一个遥远的符号，可是他没想到，一进家门，心竟然颤抖得那么厉害。他看了一眼衰老的爹，一下子就扑到了娘的棺前……所有的悔恨都化成了泪水，扑唰唰小雨一般落下来。

和乡亲们一起给娘下了葬，刘大坐在那两间自己再熟悉不过的老房子里，想和爹说说话。可是他不知道该说什么，就那么茫然地看着爹低着头坐在炕沿儿上一口一口地吸着旱烟。这样的相对，让刘大觉得很累，感觉心里还是抵触着爹的。钻进被窝的时候，终于和爹说了一句："明天我回了，以后每个月我会多打些钱回来。"爹没说话，把烟袋锅对着炕沿帮子使劲儿敲了几下，衣服也没脱，横在了炕头上。

第二天，刘大走了，离开的脚步竟然有几分如释重负的轻松。回到自己的家里，刘大最初还能想起一个月给父亲打一次电话，后来渐渐就忘了，两三个月也想不起父亲这个人来了。忽然有一日，刘大喝醉了酒，和老婆吵架了，被丈母娘给骂了，他坐在大马路的花坛边想打个电话，找个人说说话。拨了几个哥们儿都关机了，刘大想起了爹。好几个月没打电话给爹了。刘大翻出爹的电话号码拨了一遍，没人接；刘大又拨了一遍还是空空地响着，刘大拨到第三遍的时候他慌了：父亲该不会是出了什么意外吧？该不会已经离他远去了吧？他急躁起来一遍一遍地拨。他突然意识到，如果父亲走了，在这个世界上他最亲最亲的亲人就没有了，这可是他唯一的亲人啊。

一遍一遍，爹那头的电话空洞地响着。刘大蹲在花坛边上痛哭起来，把灯光都哭得摇曳昏黄了。手机在手中猛劲儿颤抖了一下，是父亲拨回来的。父亲带着浓郁未尽的睡意，在电话那头习惯地咳了一声。刘大全身的血液瞬间灌向头顶，他哽咽着喊了一声："爹!"

电话那头惊愕地沉默了，少顷，那头说："刘大，你在外头过得不好吗？不好就回家里来……"

为父亲的爱情唱赞歌

父亲这一辈子娇宠过两个女人：一个是母亲，一个是我。

父亲是一个经历了许多磨难的标本似的农民。父亲很小的时候，家族富裕，有一个在那个年代并不光彩的别名"大地主"。祖父家曾多次被抄，成分不好的帽子让年轻帅气的父亲没了工作，也娶不上媳妇。父亲从 20 岁到 30 岁这段年间，是祖母为父亲的婚事最为发愁的困难时期。所谓的好成分人家的姑娘绝对不会嫁给一个地主人家做媳妇，不好成分人家的姑娘也想嫁个"贫农"以此脱胎换骨。父亲在那十年里经历了与无数个女人相亲的故事，残疾的、重病的、寡居的、带孩子的，父亲倔强地对祖母说他宁愿打一辈子光棍，于是他被祖父狠狠地扇了一个耳光。

祖父给他下了最后通牒，说是父亲的大舅在桦甸给父亲物色了一个女人，带一个孩子。祖父告诉父亲第二天必须启程赶往桦甸与那女人结婚。父亲无奈只好答应了祖父。父亲走后的几天里，祖父祖母很高兴，以为 29 岁的父亲终于有了自己的家和那女人过上了日子。

可是一个月以后，父亲蜡黄着脸，捂着肚子推开了祖母的家门。祖母见状忙问："是不是那女人给你受了气?"父亲流着眼泪对祖母说，他根本没有去桦甸，更没有去见那女人，他一直在外面流浪了一个月，由于上火得了急性阑尾炎，才不得不回家。祖母是个性情非常温和的女人，心疼父亲，又怕父亲一辈子真的娶不上媳妇，一个人可怎么过。祖母不敢把事情告诉脾气暴躁的祖父。可是父亲的病又必须做手术，没办法，祖母向祖父说了实情。

祖父听了蹲在门槛上抱头痛哭。

手术用的是全麻，醒来时已是术后的第三天，父亲睁开眼的第一句话是对祖母说："妈，就算我这辈子都娶不上媳妇，你们也不要再逼我!"祖母不停地哭，十年来哭得睫毛全都掉光了。

母亲和我说，她小的时候家里很穷，穷得她一直到了19岁才穿上一件新衣服。

19岁那年，家住乾安县一个农村的母亲在外婆的引领下来到父亲的村子和一个不是父亲的人相亲。快进村口时，外婆迷了路，正巧父亲从那里路过，外婆就向父亲问路。父亲很热心，一直把外婆领到那户人家。母亲曾在以后的日子里多次说："就是那萍水相逢的第一眼，我就爱上了这个比我整整大12岁的男人。"

到了那户人家，在媒婆的介绍下母亲见到了那个她要相见的男人，只看了一眼，母亲就转身走出了屋子。外婆很不高兴地责骂母亲没有家教，让人下不来台。外婆和媒人一起想劝服母亲那门婚事，说那人成分好，而且还是大队长，能嫁给他是有福之人。母亲最后急了眼，媒人就不好再说什么，后来偷偷地对外婆说："你闺女要是没看上这户人家，我们村儿里倒是还有一个小伙子也不错，就是年纪大了点，看着不怎么般配，而且成分不好，就是人还不错。"外婆坚决反对，年纪大、成分还不好。

媒人和外婆是老相识，关系不错，一定要外婆多住几日再回去，说路远来一次不容易。外婆没怎么谦让，决定多住几日。而实际上在外婆同意留下来多住几日的同时，媒婆已经把母亲相亲未成的消息透露给了祖母和父亲。于是祖母有事没事就领着父亲去那个媒婆家串门，和外婆唠家常。由于那村口的一面之缘，外婆对父亲的印象非常好，但并不同意母亲和父亲相处。祖母的心里很是没底，因为母亲人年轻漂亮，一米六八的个子，好成分人家的姑娘，父亲年纪还偏大。

　　父亲并不那么想，自从知道母亲是来相亲而且相亲未成之后，父亲一改往日对婚姻的消极和冷漠，母亲的出现燃起了他对爱情的希望之火。尽管外婆的态度很坚决，父亲还是坚持着他的选择。虽然，我未曾亲眼看见，但我能想象出在那种环境里，父亲能执着地追求自己想要的幸福是多么的不容易，那种时而兴奋时而又沮丧的心情一定会常常纠结在父亲的心头。

　　母亲或许早已在村口迷路的那一刻为父亲所动，所以一段日子相处下来，父亲已经很明了母亲的心思。父亲要面对的一个大难题是母亲的家人。

　　外婆是个心慈面软的老太太，可是尽管她对父亲的为人无可挑剔，她还是不愿意将自己的女儿嫁给一个年龄差距如此大的男人。外公知道后更是暴跳如雷，一向很听外公话的母亲在遭到外公的一次次责骂后，哭着告诉父亲，不再与父亲往来。父亲听后低下头，一句话也没有说。

　　大舅比母亲大五岁，已经到了娶媳妇的年龄，可是相了几次亲都没有成。原因是外公家里太穷了，穷得仅有的三间土房都避不了风雨。大舅最后一次相亲时女方提出要800元彩礼钱，外公就沁着头把个大烟袋锅子抽得滋滋的响。媒婆很快把大舅娶不起媳妇这个消息透露给了父亲，因为她知道，尽管祖父被多次抄家，但持家有道的祖母还是有一些隐藏的票子。她告诉父亲如果能帮外公渡过这一关，父亲的婚事就可能出现转机。

祖母并不赞成那个媒婆的主意，辛辛苦苦攒下的钱不能拿去打水漂。父亲说服祖母，执意要帮外公渡过这个难关。父亲见到外公后，从口袋里掏出了1500元钱递到外公的手上说："叔，拿着这些钱赶紧把房子翻修一下吧，不管你同不同意我和小雅的婚事，这个忙我都得帮。"外公一辈子也没见过那么多钱，一下子就傻了眼。

三个月以后，大舅把大舅妈娶回了家。

三个月以后，母亲和父亲结了婚。

新婚是令人甜蜜而又幸福的。而事实上，这是一个不被祝福的婚姻，村里的人都在为父亲的婚姻能维持多久而议论纷纷。祖母更是整日地提心吊胆，生怕一个不小心母亲就离开了家门。毕竟整整差了12岁。可是母亲是一个性格刚毅的女子，为了不让自己的生活受到更多的歧视，母亲不仅把家里打理得井井有条，对父亲的关心更是无微不至。从此父亲用生命宠溺着母亲。

我是父亲32岁那年最大的惊喜，我的到来，为他显赫过也卑微过的身份涂上了新的色彩，为他那几多磨难的爱情和婚姻做了最有力的见证。父亲这一辈子都没有责罚过我。无论我有多么淘气、多么顽皮，父亲总是眯起眼睛看着我笑。

而母亲这大半辈子在我的眼里，是非常不容易的。在村子里的所有女人当中，母亲是最刚强的一个。父亲并没有给母亲更多的富足，尽管衣食无忧。母亲用勤劳和善良驻守她婚姻的城堡，村里人近十年的议论在父母相持相携中渐渐平息。

生活，让父亲和母亲的爱情从激情逐渐走向平淡，从浪漫回归于柴米油盐。他们会吵架，甚至因一个小小的话题吵得不可开交，直到把父亲吵得哑口无言，母亲方可罢休。可是在我刚刚懵懂时我就能意识到，不是父亲吵不过母亲，而是母亲吵输后鼻涕一把泪一把的样子会让父亲更为心疼。我也知道，母亲偶尔的无理取闹并非她对父亲的爱已被岁月磨平，虽然争吵成了他们生活里隔三岔五的必修课，但母亲对父亲的爱深藏在清晨的那一碗鸡蛋羹里，藏在冬日的一件棉衣里，藏在昏黄的灯光下赶纳的千层底儿里，藏在父亲晚归时的那一抹焦虑里……

岁月的年轮无情地在母亲美丽的容颜上刻下衰老的印迹，残酷地压弯了父亲挺直的脊背，然而我还能看到父亲依然眯着双眼对着乱发脾气的母亲一眨一眨地笑着，流溢出年轻的痕迹。

撒谎

几场大雪光顾之后，母亲的电话频繁起来：还有几天放寒假啊，等你放假回来杀年猪。我几次劝她不要等我，离假期还有一个月呢，雪大天冷，我担心她喂猪的时候滑倒了，但是母亲怎么也不肯。"我能行。"她坚持说。

劝说无效，只得随她去了。

不料，几日之后，母亲的电话又来了，这次声音有点沉闷了，拐弯抹角地说出，她的一只手好些日子不能动弹了，怕是脑血栓前兆。我一听吓坏了："有病了怎么不早点吱声？不早点去医院落下病根儿可怎么办？"母亲支支吾吾，半晌才说："我以为挺一挺就过去了，再说，我要走了，猪就没人管了。"

听母亲这样说，我落泪了。

把母亲连哄带劝地约来，陪她去医院，做各项检查，还好，只是颈椎压迫了神经引起的暂时性麻痹。医生说吃几天药就会好的。母亲一听高兴了，不是脑血栓就好，回去还能喂猪。

我好话说了一箩筐，告诉她杀完了之后等我回去吃也是一样的。母亲说："那怎么一样？血肠一冻就不新鲜了，猪肝冻了也不好吃了。"

我说："我在城里什么买不到？"

她说："那怎么能和我养的猪比？"

终于还是没能说服她，母亲带着一大包药回去了，我的心里很不是滋味。

每日中午打电话给她问她的手恢复得怎么样，她总说："好多了，我在喂猪呢。"一想到她站在冷风嗖嗖的猪圈里冻得瑟瑟发抖的样子，守着一只猪，守着一份等女儿回家的心情，我一狠心撒了一个谎，我说："妈，放假我回不去了，单位组织假期培训，我得过年时才能回去了。"

母亲很失望地对着电话说："那就不等你了。唉，你又吃不到新鲜的血肠了！"

转日，猪被杀掉了。

我流泪窃喜，我终于不用惦记母亲在冷风里喂猪了。等放假了就跑回去，给她一个惊喜。

最好听的歌

　　当年和男朋友分手以后，我听了一个月音乐，反反复复都是《怕黑的女人》，终于我听腻了，可我还是那么孤单。感觉自己无依无靠，无比的空虚。那天，我接到母亲的电话，她小心翼翼地对我说："回来住几天吧，家里人多，热热闹闹的会让你很快就忘了烦恼。"我倔强地说："不，我要一个人待着。"像一只受伤的猎物独自舔舐伤口。

　　我生病了，爱情失败后，我的右下腹常常无故地疼痛，搅扰得我寝食难安，这让我整个人变得更加落寞和无所适从。我想我可能快死了，在临死之前我应该回家去看看我的亲人，突然特别地想念母亲。

　　长途列车是在星星布满天空的时候起程的，我蜷着病恹恹的身体躲在列车的角落里，觉得这个世界有我真的好多余。车窗外灯火阑珊。

　　对面的位子上，坐着一个年轻的妈妈，微红的脸颊衬出一种初为人母的欣慰。那婴孩包裹在一条毯子里，哼哼唧唧的，听上去不怎么高兴。他无法用语言表达，却用一种别人听了不舒服的声音抗议着。年轻的妈妈有些着急了，不一会儿就有细密的汗珠层层罗列在额头上，她时而站起身来在过道里来回地走动，轻轻摇晃着身子，嘴里说着："宝贝不哭，宝贝乖乖……"可婴孩越闹越厉害了，年轻的妈妈焦急地坐下来，毫不避讳地敞开衣襟。婴孩一张小嘴衔住了妈妈的乳头，依然不安分地扭动着身子。年轻的妈妈伸出一只手，轻轻地拍在婴孩的身上，她轻轻地哼起了一首曲子："娘拍宝宝，闭上眼睛，睡呀睡入梦中……"

年轻妈妈对面的我哭了，因为这首《摇篮曲》。

我就是听着母亲唱这首歌在一次一次的睡梦中长大的。长大了就飞出了母亲的怀抱，以为在爱情里可以找到幸福，如今我却成了受伤的小鸟，要回到养育我的巢里去疗伤。我听着年轻妈妈哼出的调子，看着她怀里的宝宝睡着了，她依然哼着。我也睡了，在她美丽的歌里，我睡了失恋以来最踏实的一觉。

回到家，在母亲面前我又变回了小孩，她变着花样给我做好吃的，坚持领我去医院。躺在医院的病床上，我把头枕在母亲的大腿上，母亲的手就一下一下地捋顺着我的头发，不知不觉的她竟然哼起了《摇篮曲》，我的脸贴着她的衣襟，温温热热的，有泪水混进了我的泪水里。

难忘师恩

成长的路上，从上幼儿园开始，在以后漫漫的十几年里，与我朝夕相伴的，是我的老师们。又是一年教师节了，对恩师们的回忆点点滴滴溢上心头。其中有一位数学老师让我终生难忘。

还记得我读小学三年级的时候，总是不爱完成数学作业，我觉得把那些成百上千的数字加来减去简直是世界上最无聊的事。每次老师留作业的时候，如果很多，我总是会绞尽脑汁地想怎么能少写一些。最后，我终于被自己所谓的聪明才智所折服：在写作业的时候，写着写着就故意丢下一道题，这样如果老师检查作业时只是一扫而过的话，绝对不会发现我从中搞了鬼。

用我们村里人的话说，常在河边站哪有不湿鞋？我偷工减料地写作业最终还是被老师给发现了。那天，我的数学老师拎着我的作业本站在我的身旁说："你一直都这么写作业吗？你一定会因为蒙蔽过关而沾沾自喜，可是我却因为你有这样的聪明而没用到学习上而深深苦恼。今天我不想批评你，只想讲一个故事给你听。"

他说，从前有一个大臣陪着皇帝微服私访，走到一个村子的时候，看见一个白发苍苍的老人在亲手栽一棵无花果树，于是皇帝很纳闷走上前去问："你都这么大年纪了，还种这树，挨这累干什么呢？"

老人却说："我吃不到可以让我的孙子们去吃啊。或者老天爷见我这么勤劳会让我多活几年也说不定呢?"皇帝看着老人笑笑说："老人家，如果你的果树结果了，你还活着你一定要送我一些，我要亲口常常你的无花果。"

皇帝没有想到，三年以后，那位白发苍苍的老人真的挎着一篮子无花果来见他了。皇帝接过她的无花果，在她临走的时候给她的篮子里装满了金子。

那位曾经陪着皇帝微服私访的大臣，一见老人挎走了一篮子金子，就回家告诉他的妻子也买一篮子无花果送给皇上再换一篮子金子回来。结果皇帝把她的一篮子无花果扔在了门外，还命令士兵打了她十几大板。

那天我的数学老师问我："你知道为什么大臣的妻子挨了打吗?"

我说："因为她的无花果是买来的，而不是像白发老奶奶那样是靠自己的勤劳换来的。"

老师说："是啊，皇帝也是那么说的。他说，我的金子只奖励给那些脚踏实地扎扎实实努力奋斗的人。我讲这个故事是想告诉你投机取巧的人永远不会成功!"

那个故事是我有生以来听过的最生动最有意义的故事，在我人生的路上一直让我受益匪浅。

父亲笑了

周末的时候，回了一趟娘家。母亲不在了，独剩父亲的家里多少有些寡淡清冷了。我从小到大都是围着母亲的身边转的，对父亲不怎么亲近。因为父亲也是一个沉默的人，不爱说话，尤其是不愿意逗引我们小孩子的。时间久了，和他竟然疏远了。

有母亲在的时候，我多半是不会想起他的，即便电话打回去，是父亲接的，我也会问："我妈呢？"父亲是能领会我的意思的，哦了一声，就会把电话递给母亲了。和母亲总有唠不完的话，她说她的所见所闻，我说我的个人经历，缠缠绵绵个把时辰一晃就过去了。有时，母亲会在电话里说，你爸听你说这些在一旁偷偷地笑呢。我知道父亲在一旁笑，说得固然要再兴奋些，虽然和他不习惯这样在电话里扯闲个没完没了，但我还是希望他快乐的，因为我知道他是惦记我的。

几年前，我在城里买了房子，母亲和妹妹都来看过了，回去和他说，丫头出息了，房子敞敞亮亮，舒服着呢。

父亲就担心我了："那大房子，丫头要花多少钱啊？背了债务得几辈子能还清啊？"母亲听他这样一说，也摸不清个头绪来了，半夜三更地打来电话，说父亲一定要放下家里的农活来城里一趟，看看我到底过得舒不舒心。

第二天父亲果然来了，大清早的火车，只为看我一眼，只为我当面给他一个能让他放心的解释。

他来了，坐在我的沙发上颤了颤，笑了。听了我的一番解释，满意了，说："住房公积金是个啥东西呢？共产党可真能给老百姓琢磨出些好事来。"就这样又挤着夜班的火车赶回去了。

多少年了，父亲那坐在我沙发上颤一颤的样子，始终在我心头挥之不去。父亲的爱就像深沉的海，不到万不得已是不会轻易波涛汹涌的。

父亲本来就是个沉默的人，母亲没了，这回更沉默了。见到他落寞的身影迎在村口，酸楚一下子溢满我的心头，我从来没有觉得过，我生命里的这个人是这么地触动我的心弦。我不知道怎么对他表达我的惦念，就像他也不知道该怎么表达对我的爱一样。我跟在他的后面，踩着他孤单的影子一步一步地走回家。

家里没了母亲，好像怎么也不能称其为家了。冷锅冷灶的，一脚踏进去就心生凄凉。我实在找不到话题，不知道该和父亲说什么，就走进厨房，给父亲做晚饭。我在灶上忙活，父亲在灶下烧火，火焰从灶膛里窜出来，差点烧坏我的裤脚。我方意识到，母亲在的时候，父亲是没进过厨房的。这样一想眼泪就落到饭锅里去了。

"爸，"我说，"你和我进城去吧？"

父亲抬头看了我一眼："我不走。"

"如今连个做饭的人也没有了，接下来的日子不好熬了。"

"北头的你张婶，你还记得吧？就是你那个小学同学张人生的娘，我天天到她那里蹭饭吃呢。"父亲不好意思地低下了头。

"张婶，我知道。张大生才十几岁的时候，张婶的丈夫就死了，为了拉扯张大生这些年又当爹又当妈日子过得清苦着呢。"

父亲接着我的话说："人老了，故土难离，也不图别的了，能有个贴己的人坐在一起唠唠嗑，消磨消磨日子就足够了。"

我从灶台上低下头去看父亲的脸，知道父亲想要什么了。我说："一会儿，我去找张婶。"

父亲吓了一跳，从地上站起来："你要是不愿意我到她那里蹭饭，我就和你进城。"

我说："爸，不是的，我是去告诉张婶，要天天给我爸做好吃的。"

父亲笑了。

母亲，我的村庄

我不知道是不是每一个把自己的根扎在泥土里的人，心里都有一个属于自己的村庄。我意识到自己走不出心里那个村庄的时候，是在知道母亲生病的时候。那一夜所有的记忆在脑海里沉沉浮浮，包括我童年的星光和傍晚的静谧。

那时候我的村庄绿草盈盈，河水潺潺，我的母亲还年轻。母亲在那个村庄里，就像午夜探进窗子的一抹月光，宁静，柔和，带着让人向往的神秘。我忌妒母亲的美丽，痛恨村庄里所有男人的眼睛，我听不得别人说："哦，这妮子越来越像她爸了，没一点儿她妈妈的模样。"他们是在说我丑，是母亲的美丽衬出了我的丑！在逐渐长大的日子，我选择逃离，甚至发誓再也不会回到那里。我以为，人就是飘萍，飘到哪里哪里就是家。多么可笑，那时还太年轻的想法。我用十几年的时间不断适应外面的世界，还以为在我的大脑里早已抠除了我和母亲第一次谋面的那个老地方——我出生的那个村庄。在约定的时间里我忘了给她打电话，俗定的日子里我忘了回去看她。我不懂愧疚，也从来不曾自责。我以为不喜欢就不去做，多么理所当然。

冰冻三尺非一日之寒。母亲病了，不是突然发生的事情。她用十几年的时间去掩饰，掩饰一个她早已病了的事实。先是踝骨骨折，在那个因为我的叛逆使春天迟到的季节，忍着我至今都想不出来的到底有多么疼痛的疼痛，在那个村庄里挣扎地活着。

那个折磨她的过程，我竟然一点儿也不知道！

直到最后的最后，从遥远的村庄传来一声呼唤，让我惊愕在"距骨坏死"这四个字里的时候，我才幡然醒悟，亲情所系是根的所在，无论我的肉体在哪一个角落居住，灵魂永远安放在母亲那里。

走不出母亲，就走不出村庄。

从未有过的罪恶感拥挤在眼角，奔涌成决堤的泪水，我想给自己找一个救赎的机会，连日连夜地颠簸赶回村庄的时候，我才发现梦里依稀残存的一切早已凋零，我的母亲老了，所有的魅力荡然无存；我的村庄衰败不堪，我的童年在那里流逝。我的青春舒展着罪恶的枝丫，攀爬成母亲满头的白发。

如果我跪在村庄的土地上，向母亲深深地忏悔可以弥补我心里的亏欠，换回她曾有的美丽和令人艳羡的眼神，那么我愿意长跪不起！

然而一切都已来不及，任时光流逝，错了就是错了。

人生没有救赎，只有宽容。

被母亲大度地谅解，毫不追究地宽容。她拄着拐杖冲着我笑，她说："还好，只是不能跑了，这个年纪还用跑干什么呢？你爸每天什么也不用我做，我闲着无聊拄着拐杖养几只土鸡，喂一口肥猪。猪吃饱了睡在槽边，我就坐在它旁边，挠它的痒痒，听它打出一串一串的呼噜……"

　　尽管说眼泪是最不值钱的东西，可除此之外我不知道我还能给予母亲什么？我想象着那样一个场景：夕阳的残红温暖地铺开，落在低矮的土房上，泻落到院子里，倾洒母亲一身。一只拐杖代替她的一条腿，她在院子中央，被几只土鸡咕咕地围着，一头肥猪哼唧着跟在后面，谁家的孩子喊了一声妈，她就侧起耳朵循声看过去……一袭晚风吹白她满头青丝，浑浊的老泪在布满皱纹的脸上蜿蜒而行，黄昏在她的眼里几度朦胧？

　　只有动了真情才会开启内心最柔软的那扇窗。我在这样揪心的想象里方意识到，友情可以移植，爱情可以嫁接，唯有亲情不管你在不在意，它就在那里——等你！母亲在那村庄里守望，用一根拐杖支撑一个期盼，因为她深深知道外面的世界再美不是我栖息的地方，无论走到哪里心都在流浪！

能 "邪乎" 的老爸

用我母亲的话说，我老爸特 "娇气"，特能 "邪乎"。说得再不客气一点就是，苍蝇旯个蹶子都能把他踢疼了。

母亲说这话，我信！

我老爸确实是太 "娇气" 了。记得小时候的一个夏天，我们一家人坐在院子里吃甜秆儿，老爸给我和母亲扒甜秆儿皮，那皮像锋利的刀片，一不小心就把老爸的手割破了。这下子可不得了了，老爸举起那只被割破的手，龇牙咧嘴地凑到母亲身边，还说："哎呀，快要疼死我了！" 母亲看着他的样子，笑着说："真能邪乎，不就是刮了一个小口子吗？能疼成那样？" 母亲一边说一边转身去屋子里找出药棉、纱布，给老爸的伤口像模像样地包扎起来。父亲看着那只被纱布紧紧缠绕的手指头，会说："我现在可是伤病员了，什么活也不能干了，就得好好养伤。" 母亲就说："好好好，你好好养伤，所有的活都由我来干。"

更可笑的是，洗脸的时候，父亲说什么也不自己洗，他说，这伤口是不能沾水的，一旦沾水就会感染的，感染就麻烦了，一辈子都好不了了，兴许手指头还得被剁掉。

母亲就笑呵呵地点点老爸的脑门子，然后给老爸洗脸。

还有一次，老爸帮助做饭的母亲收拾鱼，一不小心鱼刺扎到了手指肚上，又是不停地喊疼，母亲抓住老爸的手仔仔细细看了个遍，也没看出个异样来。最后母亲没办法只好在老爸的手指肚上吹了两口气说，好了，老爸才肯罢休。

几年前，母亲突然生病了，所有的家务活都落在了老爸一个人的身上，我想，这么娇气的老爸怎么受得了？可是让我没想到的是，能邪乎的老爸突然变得坚强了。不会切菜的他时不时就被菜刀割破了手，或者一不小心就被热气烫伤了手背，老爸没有一句怨言，自己在厨房里擦一擦揉一揉，两手一拍就当没事一样。反倒有时候被母亲看到了会硬拉过来，心疼地说上一句："怎么那么不知道小心呢？"

老爸鼻子一哼说："切，这点小伤对于我这个大男人来说，算啥啊？"

清明节，她有个约会

时隔五个月，我再见到她，她竟然能言能语，还行走如飞。她指着一栋小别墅对我说："看看，那是我现在的家。"我看着那栋房子很豪华，想顺着台阶爬上去，她突然大喝一声："你给我下来！"

我看着她，一脸的不解，她以前那么爱我，现在怎么变成这个样子，我要进她的门她都不让？

她几步跨到我的身边："你不能进去，这个房子只属于我，千万不要进去！"

我有点生气，但什么也没说。

她门前的花园很美，飞着彩蝶，只有彩蝶，一对一对的。我忘了刚才的不快，蹦蹦跳跳地追过去，刚要触到那彩蝶的翅膀，她又不高兴了："你这孩子怎么这么不听话，不要碰这里的任何东西！你赶紧回家去！"

"不！五个月没有见你了，你为什么对我这么凶？我很想你，你不知道吗？我要和你住一段日子再走。"我向她发出抗议。

"不行！"她把这两个字说得很严厉，目光里忽又漾出一丝温情，"他快回来了，发了急电给我，说清明节一准儿到家。"

"他是谁？"我问。

"六十多年了他终于要回来了，我以为他早战死在抗美援朝的战场上，没想到他还活着！"她泣不成声，"我一个人拉扯孩子，伺候老人，等他等到孩子娶妻生子，为他的父母养老送终。我以为就算他没有战死，也早另有妻室了，没想到他还惦记着我，这个清明节就要回来了！"

看着她兴奋起来我一脸疑惑。她拎起浇花的喷壶在手心上洒了一滴水，抿在霜白的鬓角上，头发顿时捋顺了许多。满脸的皱纹似乎舒展了。那些花开得很妖娆，我一样也不曾见过，想摘一朵别在头发里，她伸出双手护住那花朵："别动！叫你什么也别动！你怎么偏偏不听？"

"我就摘一朵！"我冲着她笑，试图讨好她。

"这花很香，摘了多可惜？你闻闻？"她捏着花茎晃了晃。

我把鼻子凑过去，半信半疑。一股奇异之香扑鼻而来。

……

醒醒，醒醒！我的荷包蛋煎好了，闻闻，香吧？老公摇醒我，手托着盘子放着刚刚煎好的荷包蛋，散发着勾人食欲的香味。

我从被窝里爬出来，莫名其妙流下眼泪。老公问我怎么了，我说梦到我已去世的祖母了，这个清明节她有个约会！

老公瞪着眼睛："什么？约会？"

"是的，约会！"我抹去泪水，看外面正阳光明媚。

儿时一碗油茶面

想念一个人也好，一件事或一个物也好，终归是因为在记忆里留下了太深刻的印象。好的坏的，皆因太深刻了，就不会那么轻易地忘记了。

那天我的诊所里患者络绎不绝，总算忙完的时候，发现自己已经一天没吃饭了，是如此想念饭的香味。哪怕给我一根咸菜、一个馒头我都会吃得津津有味。然而很无奈，一整天我都不得空闲，没能找到可以坐下来品一根咸菜和一个馒头能带给我的幸福。忙的时候忘了饥饿，忘了疲劳，也忘了无所事事时那些惹人的相思。

饥饿最后还是让人格外地清醒。对面的蛋糕店里飘出香甜的奶油味，我突然就想起了小时候偷吃爷爷的油茶面的情景。爷爷的油茶面有好几种，玉米面的，小米面的，还有白面的。那都是奶奶亲手为爷爷炒作的，加上芝麻、瓜子仁、花生瓣儿，再放上少许的白糖（或许还有别的，我已经忘了），好吃的油茶面就制成了。挖上一勺，放到二大碗里，用白开水一冲，那股浓浓的醇香，总会惹得我把口水大口大口地吞到肚子里。

那时候，那应该是很珍贵的东西吧？因为奶奶总是很小心地把一袋油茶面藏在柜子的某个角落里。不幸的是又总被我在某个不被人发现的时候翻出来，偷偷地挖一勺塞到嘴里，那么一大口，有时要呛咳我老半天。有时觉得那样干吃不过瘾，就干脆舀一碗凉水胡乱冲一下，三口两口灌到肚子里，然后任由奶奶怎么吵、怎么骂，都摆出一副视死如归的架势。

爷爷去世以后，奶奶的那门子手艺彻底搁置了。

饥饿开始搜肠刮肚。我像犯了病的馋嘴猫一样，迫不及待地跑下楼去，在对面的蛋糕店里，买了想立刻就喝到嘴里的油茶面。回来后，挖一勺倒在小碗里，用滚开的水冲下去，不用背着奶奶，不用担心遭到她的责骂，就坐在桌子前双手支着下巴，看着那碗里的热气渐渐散开，闻着它飘洒的香气，等它慢慢变凉时喝下去。看着看着，那袅袅于碗上的氤氲里，就映出爷爷的脸庞……

我竟然伏在桌子上睡着了。

醒来时，那碗油茶面已彻骨冰凉了。我尝了一口，带着追忆当年偷吃时的味道，反复地哑着嘴巴，却怎么也不是少时滋味。

也许随着时光的漂移，很多在记忆里保存着原样的东西，当试着返回去的时候，已经不是最初的模样了。

关于祖母

  我原以为，行医多年的我是能坦然直面生死的人，没想到面对祖母的离世我没法无动于衷，常常想念祖母令憋闷的心情突然就烦躁不安。清晰地记得，祖母生前没有糊涂的时候，每每到了春天她就开始念叨，说："我要过生日了，占了个娘娘的日子，却是个丫鬟命。"今天累了，病了，猛然想起她的那句话，就不由地想起她，却再也听不到她的声音了。

  她临去世前已经不能言语了，却在一个夜里挣扎着大喊出我的名字，我知道后匆匆赶去看她，问她还认识我吗。她痴痴地笑了，笑过又哭了。我知道那是她记起我了。陪着她，就坐在她的身旁看着她，看着她像小孩子一样安静地睡了，缓缓松了我的手。直到我走的时候，她还在睡觉。我庆幸她在睡觉，让我在走出门的时候，不至于看到她那双浑浊的眼睛，心里不那么难受。

  那一次以后，我很久没有勇气去看她。我知道我不去就唤不醒她的记忆，记不起来就不会思念，不思念就没有痛苦。过了大约三个月去看她时，她已经不行了。那天很冷，我双手冻得冰凉，一推门进到病房时，泪水模糊了眼睛什么也看不清了。表姐站起来抓过我的手，我连和她打招呼的话都说不出来。我看着祖母，突然捧起她的脸，然后紧紧握住她的手。祖母的手好热。我浑身的冰冷在她的掌心里一点一点变暖，那是祖母生命里最后的一丝温度。

渐渐平复情绪，扒开祖母的眼睑，见瞳孔已经散开了，只是脉搏还在有力地跳动着。姑姑们问我祖母还会坚持多久，我说恐怕过不了今晚了。

那天最后一个去看她的是弟弟和母亲。弟弟开车和母亲天黑时赶到的，只匆匆见了一面，由于家里那边要安排墓地的事宜，就连夜赶回去了。他们在半夜 11 点之前到家，车刚刚停好，医院这边电话就打回去说人已经咽气了。这么多天来，我一直在想，祖母对于自己的辞世，是有备而来的，她是把自己至亲的人都看了一遍才走的，虽然那一刻她不能睁眼，不能说话，但她一定听得见。

祖母走得很安静，惹我无尽思念。我想念她的人，想念她的样子，想念她那份与生俱来的安详能带给我的那份宁静。

祖母是个半缠足、皮肤白皙、有些怪癖的老太太。倔强而不服输的性格，却温柔地败给了脾气暴躁的祖父。她那种大户人家的小姐脾气，被军人出身的祖父无半点怜惜地软禁了一辈子。然而祖父死后，她哭，不停地哭，哭了整整六年，毫不掩饰地说想他。后来，我渐渐懂得，不想祖父又能想谁呢？那个唯一可以陪她不分白天黑夜的人！

祖母护短，不允许儿子听命于儿媳，不允许闺女受命于姑爷。这一点我常常笑她。她也常常在我面前把三个姑爷、三个儿媳妇批得一无是处。然而只是和我说说而已，当着他们的面，总是一副和善的脸孔。我吓唬她说："你当着我的面说我妈的不是，看我不告你的状才怪？"她看着我相当不服气地说："死丫头你可别没良心，想当年，你妈把你生到炕上你就'草迷'了，小脸糇紫，哭都哭不出来。要不是我把棉裤腰松开，把你揣到裤兜子里焐活了，又烧纸又磕头的，你小命早没了。"我笑她拿这事儿和我要了半辈子人情，还真就不敢得罪这个"救命恩人"。

仔细想来，我这近 30 年来一向羸弱的身体，确实费了祖母好些心思。小的时候，常常突然就闹起没完没了的毛病，医生束手无策，祖母就为我烧纸上香，求仙拜佛。恰逢好时，就说谁谁谁显灵了。我始终不信，她就骂我没良心。最后拗不过我，只好妥协央求我说："你这死丫头不信就不信，干吗偏要说出来？你自己藏在心里不就得了，害我费力不讨好！"我就哄她，三言两语她定就笑了。

　　如今她不在了，今我又忽然病了，嗓子嘶哑着一句话也不敢说，咽下一口唾液，牵扯出一丝疼痛，就想到她曾经为我掐脖子的样子。我怕疼，她骂我能邪乎，摁着我，念念有词地一下一下把我的脖子掐到泛紫或泛红，然后说是上了什么火，得了哪门子炎症。

　　这一刻再也得不到她的疼爱了。上了什么火，得了哪门子炎症，即便自己是医生，也搞不明白了！

用眼神，来爱我

　　自结婚以来我最怕的就是过年过节。小节日还好办，一到过年我的心情就无比压抑。结婚以后好像没有哪个年过得心里特别敞亮。不是因为别的，只因那遥远的亲情，在浓浓的新年团圆的氛围下让我感到无比的孤寂和想念故乡里——那青堂瓦舍的小院，那企盼的眼神。

　　每每过年母亲来电话，问我能不能回去陪她，我就不知道怎么来回答她。母亲那企盼的心情，从年头盼到年尾，只希望在岁末年初那一天我和她是在一起的。这个想法是多么的不为过！可是我做不到……

　　去年过年时，爱人体谅我一年忙得也没空回一次家，就说服他的父母，陪我回老家过了一个年。一下车，推开母亲的院门，母亲就笑着迎了出来，扎着干净的围裙，一边用围裙擦着双手，一边用眼睛上下打量我，看我是胖了还是瘦了。可惜我一直也不胖，母亲的眼神便滑过一丝忧郁："怎么又瘦了？"我笑着说："没事儿，现在这个流行！"却不敢看母亲的眼睛。父亲就那样一句话也不说眯着眼，倒背着手看着。

　　许多年来，我回来又走，走了再回，来回地折腾，直到我嫁了人，回家的次数明显少了很多。然而我不愿回去的更大的理由源于我一次比一次更不能承受，我离开时父亲和母亲的眼神。那眼神里泄出眷恋和不舍，流淌着期盼和挂念；那眼神又似乎要把我挖空，看透，深藏着我永远也躲不掉的爱意，是我用一辈子也报答不完的亲情。其实我多希望离别的场景能不那么凝重，因为即便那布满皱纹的脸用笑容拧成了花儿来为我送别，我都一样不堪承受。

更多的时候，我愿意把父母爱吃的东西和喜欢的衣物塞进那个我熟悉的长途客车里，而母亲总是在接到我捎去的东西之后，打来电话说，他们不需要这些，家里什么也不缺。如果不是很忙，能回来看看是最好了！她说，家里的庄稼比邻家的高；淘气的小猪又拱倒了院墙；养了五年的小猫中了别人的鼠药；春风太大，刮落了满树的海棠花，果子一定要比去年结得少；她说，弟弟的孩子总惹她生气，可是一天看不到就想得受不了；她说，父亲的脾气越来越暴躁，不知什么事儿就乱吼乱叫……电话这头的我默不作声地听着，她就又说："你忙去吧，我也没什么事儿。"我就把那份来自心底的惦念深深地埋在我回应给她的笑声里。

渐渐地我发现，曾经习惯对我无休无止唠叨的母亲不知何时闭起了喋喋不休的嘴。这一辈子在这个家庭里都享有"至高权力"的女人，在我某一天如从天而降般地出现在她眼前时，我看到了晃动在她眼里的母性的柔情。我突然意识到，她的笤帚疙瘩很久很久以前还在我的屁股上愤怒地跳舞；突然意识到，我很久以前对她惧怕的样子，就像她现在怯生生地怕我突然离开的眼神一样；突然意识到，那个曾经志刚意坚的美丽女人已经在我逐渐长大甚至变老的过程里，把自己磨砺得没了棱角，直至圆润……她更像一个可怜的小孩子，拐弯抹角地说出自己的想法，然后再眼巴巴地征求我的意见。那一刻，我想哭！如果时间可以倒流，我多么希望，我的淘气还能遭到她愤怒的惩罚；我多么希望，挂在她嘴上让她自己怎么说都不感到厌倦的叮咛，能再重复萦绕我的耳畔；我多希望，日子能永远凝在那个我斜挎着小书包，撒着欢儿乱跑的瞬间，母亲满头的银丝再次被容光焕发的青春所代替！

父亲不怎么爱说话。父亲定格在我的心里的表情通常有两种：一种是把眼睛眯着像初三四的月牙儿，嘴角微微地翘着；一种是坐在炕沿上点着一支烟，弓着背，双肘挂在大腿上，浓浓的烟雾缭绕在他的头顶，惆怅满腹。我讨厌他的后一种表情。然而事情经常是这样的，前一种表情的出现不会太久，也许是正在酝酿后一个表情的萌生。是的！比如我回到家里的那一刻，我会看到第一种表情，可是没多久我行色匆匆的脚步会让第二个表情不加掩饰地诞生。父亲低着头大口大口地吸着烟的那个动作是我对这养育之情的一个永远都不敢，也不愿意触及的痛点。那一刻我看到父亲满头的白发因为我一次一次回来又别去而愈加沧桑；那一刻我意识到他在慢慢地变老，时光再也无法回转到那条遮满树荫，他骑着自行车送我上学的路上；再也无法回转到为了逼着我吃一顿不喜欢的鱼，他瞪着眼睛大声地责骂我的属于他的威武时光；再也无法回转到为了怕我像其他女孩子一样早恋，他把忠告偷偷地写在我的日记里……

都远去了……剩下的都写在那两双眼睛里，那眼神是对我的爱，亦是埋在我心底的痛！

岁月承载了一些东西又泯灭了太多的美好。在这段我逐渐成长至成熟的路程里，我的幸福与遭遇竟是父母面容的悲与喜和头发黑与白地变更。我突然感觉到，我放肆地让他们等了太久太久，他们却一直在等……

如果生命可以再度青春

虽然忙碌了一天，让我感到很累，可我还是愿意利用晚饭后仅有的空闲，在宽阔的马路上走一走。思绪就跟着我的步伐一步一步地伸向远方。

我习惯在马路沿儿上走"一"字步，这源于我高而瘦的自身条件。别人常说我是做模特的好身材，所以我一直在心里编织着那个梦。一次在外市偶遇一招车模的广告，便报名参加赛选。没想到一眼被选中，可笑的是年少无知的我当时只是想看一看自己有没有被选中的魅力，着实没有勇气穿得那么暴露在镜头面前秀来秀去。惋惜的是多年以后的我再次回想起那段稚嫩的经历，我突然想那也许会是我生命的一个折点，只是我并没有把它当成一个驿站。

城市的夜晚并不安静。透过黑夜里迷惘灯影，我仿佛看到家乡的两片麦地间那条清澈的水渠，那水钻过杂草的缝隙流进绿油油的麦地。那时的我是多么淘气，斜挎着小书包，奔跑在碧浪一样的麦地里，柔软的秧苗就倒在我稚嫩的脚窝里。沟渠里汩汩流过的水，在那小脚窝里打个转儿，又填平，漫过。我看到邻家的牧羊女，就兴奋地将书包摇过头顶。我的书本就漫天飞舞，落在随风起伏的麦地里，缓缓流动的渠水里。我的哭声惊扰了正在为晚饭生炊的母亲，她翻过门前那个小小的陡坡，扎着干净的围裙，一边擦着手，一边向我跑来，看着被水浸泡的书本，我站在一旁怯懦地抽泣，母亲弯着腰一本一本地拾起后，一边责骂我，一边抹去我的眼泪。

母亲的晚饭还没有做好，夕阳的余晖已浸染了整个村庄。沿着盈盈流水的霍林河畔，上百匹马儿撒野似的溅起飞扬的尘土奔跑在回家的路上，笨拙的黄牛也随着放牧者的鞭响发了毛。我向河边的堤坝跑去，跑到那里看忙碌了一天的人们抓牲口回家的喜悦。三三两两地结着伴，拎着牵马的笼头、赶牛的鞭子，又说又笑。

村子里的井很少，难得的是母亲的院子里有一口。即便那井水有一点咸，但它仍然在我的脑海里留下了抹不去的记忆。晚饭过后，夜色渐浓，人们陆续地挑着扁担，来到母亲的院子提水。旋转的辘轳发出美妙的声响，不停地有人向母亲打招呼，母亲一边忙着手里的活计，一边与人闲聊。因为那口井，母亲的院子变得异常的温馨。有的人来挑水，带着自家的孩子，我也因此有了更多的玩伴。

……

这几天下着雪，有点冷。我的脸泛起红晕，记忆里的影像不断地在我的脑海里跳跃，我的嘴角漾起一丝微笑，竖起领口，将手插进大衣的口袋里。突然有人从身后嬉笑着拍了一下我的肩头，我吓了一跳，打了一个激灵。回头看去，是我的同学汪霞。我们几乎每晚都会在这条街上碰面，晚饭后出来散步，是我们共同的喜好。

我和汪霞一起从那个小村子走出来，汪霞的母亲患有严重的精神疾病，父亲上肢略有残疾。出人意料的是汪霞自小绝顶聪明，没有哪个学期她能完完整整地坐在学校里上完课，可她照样门门功课第一名。我和汪霞共同的遗憾是我们没有上过大学。而每每提到那个小村子我们都不由得感叹，也感恩！

汪霞从一个坚强的孩子成长到现在这个城市里的女强人，让我不得不从心底为她高兴。我们都是农民的孩子，从不敢想到梦寐以求能住在城市的高楼里，我们付出了同龄人不能想象的代价和艰辛。

马路沿儿上，我和汪霞牵着手一步一步往前走，我们的手不由自主地因为某一个话题而紧紧地相握。不知不觉地转到了我家的楼下，看着从我家的窗子里射出的柔和的灯光，我和汪霞同时说了一句："明天见！"

目送汪霞消失在路灯橘黄的灯影里，我一转身，莫名地流下一串眼泪，脑子里突然蹦出这样几个字："如果生命可以再度青春！"

母亲节时话母亲

女人性格太刚毅，注定在生活里要吃点苦头儿。

我母亲什么都要强，什么都不服输，居家过日子一样也不能落在别人的后面。小的时候我不太喜欢母亲，她太强势，强势到说一不二。我觉得像母亲那样一个整天絮絮叨叨的人，把一个做女人本该有的含蓄，在她的一生里都被她给絮叨没了。

小时候父亲常年不在家，他工作在一个很远很远的地方。过年才会回家，他总说，等那边条件好了，就把家带过去。我天天盼着那一天，一盼盼了20年。

20年里，母亲领着我们姐弟一直住在一个小村子里。家里有几块方方正正的土地，那是我们一家人赖以生存的根本。那几块土地，除了按照母亲的规定规规矩矩地长庄稼，母亲是绝不允许它们私自长出别的物种来的。从大地回春那天开始，母亲就整天泡在土地里，收拾地里的茬子，碎草末。翻地、打垄、施肥、撒种子、间苗、锄地、收庄稼。每天晚上回来的时候，总看见母亲拖着沉重的步子，一脸的疲倦。但是她从来不说累，有时她坐在桌前吃着吃着饭就睡着了。

在庄稼院的活计上，我们从来不敢心疼她，帮她做点什么的念头是万万动不得的。那样她就会发脾气，拖着很倦很倦的身子，使出全身的力气把脾气暴发到极限，她说："我今天受了这么多的苦，就是希望你们将来不要再受这样的苦，你们的任务就是认字、读书。"

她最喜欢我们静静地坐在那里看书的样子。只要我们一看书，她就会停了她的絮叨。她有时候会捧起一本书，反过来倒过去地翻一翻，问我们："这里面都说了些什么？给我念一段，我听个新鲜。"见我们眨着眼睛莫名其妙地望着她，她就很无奈地放下书，满脸惭愧地说："睁眼瞎呦，斗大的字不认得一个。看你们多好，多好。"她羡慕的语气里遗落出淡淡的惋惜，对自己的惋惜。我大一点儿的时候常常想，一个不认得字的人是怎么出远门儿的呢？这是一件多么悲哀的事情！

她总说："我注定是一个农民，除了种地我干不了别的。我从小家里穷，一天学堂也没进过。那时我就发誓，我要是长大了，生了孩子，我拼了命也让我的孩子去念书！至少见到一片纸知道它上面写了什么。"

而今的我，自己也做了母亲。我已经深深地体会了一个母亲的心思。我理解了她的刚毅，是一个女人的迫不得已。身为一个女人，她一个人挑起家庭的重担，照顾我和弟弟读书，在父亲不在身边的情况下，她付出了太多太多的艰辛。此刻，我能坐在这里打打字，敲出几篇小文章，我突然觉得我该谢谢她，在母亲节之际写写她……

二月二的猪舌头

　　母亲打来电话时，我正在上班。办公室里五六个人凑成一堆儿，正在讨论晚上吃什么。就在这时候母亲的电话打来了，她兴奋地说："二月二你回来吗？你最爱吃猪舌头，你爸昨天把猪头燎了，我把猪舌头剔下来了，给你留着呢。你回不回来？"

　　我觉得老太太实在可笑，就说："妈，隔着八百丈远，我回去一趟够买多少猪舌头了？你可真是的！"

　　母亲的热情顿然像燃旺的火焰碰上了一盆冷水，但还是嘟囔着争取最后的机会："妈喂的猪不是吃着放心吗？再说了，我要是在家和你爸一端起饭碗，想着你吃不着，我的心里就不是滋味。"

　　"您老尽管放心吃，我可不用你惦记。我挣着工资，守着个大城市，我吃啥没有啊？瞎操心！"

　　"那你真不回来了？"母亲仍然试探着问。

　　"真不回去了！您就别瞎操心了！你和我爸不是挺好的吗？挺好的我就挂了。"挂了母亲的电话，我和同事继续刚才的讨论。同事问我电话什么事，我说，我妈给我留个猪舌头，让我二月二回去。同事们大笑："你妈可真逗！拿你当没断奶的孩子吧？"我也笑，觉得我妈是够逗的，老糊涂了，为了一根猪舌头也要折腾我回家。

二月二到了，同事李说早点回家买点猪头肉，再买两个猪蹄。她刚走出门，又回过头来对我说，外面有个人找你。我出去一看是我们村里的马二叔，马二叔捧着一个塑料袋，说："我进城给儿子送猪头肉，你妈让我顺便给你捎来猪舌头。"

我接过来，沉甸甸的。我说："这么一大包猪舌头？"

"你妈把你们家的猪头肉切成一大块一大块的，和邻居们换的猪舌头。"马二叔说，"人老了，有一口好吃的，惦记儿女吃不着，心里难受得慌。"

晚餐，当我把猪舌头摆到桌上时终于忍不住泪流满面，突然感觉难以下咽。

情人节里的亲人

母亲视线模糊，我约她来城里看病。母亲嫌楼上憋屈，我就给她念我写的一篇文章。

文章是关于她和父亲的。第一句话是这样的："我的父亲一生娇宠过两个女人……"我念到这里时故意停了一下偷看母亲。果然母亲的脸拉长了。没待她开口我接着念："一个是母亲……"我又停了下来。母亲耐不住了，急急地问："那个是谁？"我大笑："一个是我。"母亲照我的脑门就是一下子："这死丫头，吓我一跳。"我忍不住大笑起来："人都到了这把年纪，也还有吃醋的心!"

"这把年纪怎么了?我嫁给你爸的时候,你爸是'臭地主',顶风臭出40里,我冒着和你姥爷决裂的风险嫁给他的,他要是真敢在背地里娇宠一个女人,这个醋我吃定了!"说到这,母亲自己又笑了,"量你爸有那贼心也没那贼胆儿。我和你爸结婚35年来,你爸啥样我知道。"

我一边听母亲的絮叨,一边点击电脑查询35年是珊瑚婚,35年夫妻间的感情已像珊瑚一样长年累月成长起来,丝丝缕缕,牵牵绊绊难以分割。看着母亲满头的银丝,想想父亲弯曲的脊背,我突然觉得所谓夫妻能牵手白头要经过多少岁月的磨砺!现在的离婚率成年上涨,还有多少婚姻会走到珊瑚婚,甚至金婚呢?

记得我十岁那年,父亲赶的拉车的马毛了,父亲从马车上被甩到树林子里,被摔得好多天昏迷不醒。医生下了最后通牒,可母亲就那么静静地守着,也没流泪。可是当父亲终于醒来那天,我分明看见母亲躲在仓子里号啕大哭。那时候我不懂父亲活过来了为什么母亲还要哭,现在我懂了!

如今我和弟弟都成家了,父母有个小欢虎似的大孙子成天闹腾在膝下,日子依旧平常,却很快乐。

我突然想,在这份平常的快乐里注入一份激情,让他们再找一回年轻的感觉。母亲一生节俭,一分钱不曾胡乱花过。那天陪母亲看完病,我说:"妈,快过情人节了,你和爸也浪漫一回呗。你们俩一起来城里,好好玩几天。"母亲说:"我和你爸怎么能过情人节呢?我们已经是亲人了!亲人之间不用表达,就什么都在心里了。"

愿生命轮回相依

我亲爱的朋友们，你说过这样的话吗？宝贝，你真乖！宝贝真聪明！宝贝最听话！宝贝最可爱！这样的话，我相信我们每一个人都说过，对自己的孩子或自己的爱人。试问，你和你的父母说过这样的话吗？我敢断言，你一定没有过！

当我面对一个近六旬的老人，这样哄劝他83岁的母亲拒绝用药时，他说"宝贝最乖！宝贝最听话"，我的手随着心跳的加速而颤抖。

我们早已习惯了父母在我们很小的时候，对我们说这样的话，却从没想过，把同样的话语传递给他们。我们不说，不想说，或难以启齿！这让我想到一个故事，一个女人给自己在外喝酒的老公发短信，她说："亲爱的，少喝酒，我爱你！"可是发错了，发到了父亲那里。当她在一个假日里回娘家的时候，母亲神秘地对她说："你爸戒酒了！"她疑惑地问："真的吗？"母亲说："真的！全是因为你那条短信！要不谁劝也不会戒的！"女儿一时蒙了，记不起自己给父亲发过短信。后来经母亲一说，恍然大悟。于是她并没有说是自己发错了短信，而是羞愧得心里不是个滋味。就像我听到那个人哄劝他的母亲时说的那话一样，我为我自己不曾如此细致入微而愧疚。

所谓的孝顺是什么？百孝顺为先！而我们的固执和叛逆曾经怎样地将其

伤害？我们又是那么的无动于衷！我们很小的时候，我们尿床，我们打碎了饭碗，我们逃学，上课睡觉，甚至早恋，还胡乱花钱……我们依然享受慈爱。

命运是轮回的，我们长大了，他们变小了，他们的手开始握不住筷子，开始胡言乱语，开始乱抹鼻涕，大小便失禁……我们说"宝贝慢慢来"了吗？我们说"宝贝别着急"了吗？我们说"宝贝别碰，那很脏"了吗？我们抱怨了吧？我最常听到的抱怨是：伺候老人真不容易！唉！我想说：人老了真不容易！

人人难逃衰老，我老了的时候，我一定渴望我的孩子对我像我对他一样的说：宝贝……我空洞的眼睛会淌下浑浊的泪水。亲爱的，生命本该轮回相依！

那么我信善

2012 年 3 月 20 日那天，我乘车跑到外地，拿着母亲的 CT 从一个医院到另一个医院，不停地找骨外科医生询问，想为母亲的距骨坏死找到最佳治疗方案。一次次失望，没有惊喜在苦难面前衍生。站在异乡的街道上给省城的朋友打电话让他帮着联系医生，那边的一声关切，竟然惹我泣不成声，以为抓到一个可以倾诉的人，会把所有的负担统统卸下，回归从前的轻轻松松。在医院长长的回廊里，终于体会到人在病魔面前的无助和渺小。

那一刻是那么孤单。

我深深地感受到人的力量是多么微不足道。有啥别有病，没啥别没钱。

这两样你要是占上一样，就知道什么叫作叫天天不应叫地地不灵了！

中午，看见儿子搬出自已的小储蓄罐，一脸不知愁地说着学校里有一个小朋友得了血癌，校方启动第二次捐款仪式。儿子问我要捐多少钱，我说让他自己拿主意，我尊重他的意见。儿子就把小储蓄罐都倒出来，一摞一摞地数着他的家当。我看着他的样子，我突然觉得人不长大是一件多么幸福的事情，会永远沉浸在一种简单的快乐里。他根本不会懂得疾病对一个家庭来说意味着什么！面对捐款他只是能感受到自己在帮助别人时那份自我存在的价值，或者只是满足一种与同学攀比谁捐得多的虚荣心。他并不知道，这样的捐款在病魔面前只是杯水车薪！

也许即便人类能战胜更多的天灾人祸，而面对病魔，面对死神，也只能任其张牙舞爪。

每天给母亲打打电话是我唯一能做的。母亲在我打过去的电话里笑得很无助，她在安慰我，又不会死，担心什么？我对着电话沉默，其实有时候活着比死要可怕千百倍，人最怕的就是生不如死！我想岔开话题，问她邻居家的老太太还做礼拜吗？她告诉我做的，而且她也去。我忙鼓励她，让她去参加，散散心也好。

她说："闺女，你给妈祈祷吧！"

我的眼泪流下来，为了不使自己的声音听上去哽咽，我只说："嗯！"

其实在我的内心里，我不相信神。如果一定要给我的信仰注一个名字的话，那么我信——善——

善念会化解邪念和罪恶，会驱走所有心灵的魔鬼，让人变得宽容，变得坚强，变得在一切无所适从里学会低头。善就是告诉你所有的开始都是值得的，所有的放弃又都是必须的。这就是善的境界。

如果人真的需要祈祷，忏悔曾有的过错，祈求被原谅被宽容，那么早知如此何必当初？从万事伊始做到问心无愧，又何惧后患无穷呢？

　　但我愿为母亲跪拜，为母亲那一声：闺女，你给妈祈祷吧！

盼雨

　　春天来了，我是不期盼别的，我就盼这雨。天阴过来的时候，我就欣喜，趴在窗台上喊着爱人的名字，阴天了，阴天了，就要下雨了！

　　爱人瞥我一眼，会说，犯得着那么兴奋吗？弄得鞋子都脏了。爱人是城里长大的孩子，他不会理解我的。

　　我盼雨！从小到大一直盼。

　　记得小时候，母亲常说春雨贵如油！那时候不太懂这话的含义，只是从母亲的话语中听得出母亲是极度喜爱这雨的。后来，再大一点的时候就知道了，在我们东北这个地方，春天干旱，种庄稼是要费很多力气的，男人赶着马车，马车上装个大水箱，一箱一箱的水由几里路远的水井边拉到地里，一点一点地浇到下种子的坑里，一块土地种下来，马也倦了，人也乏了。母亲常常是拖着沉重的步子回到家，一头就栽到炕上去了。她总是大半夜里还爬起来看看天，咋就不下场雨呢？

　　我知道雨的珍贵了，因为下雨，母亲就可以不那么累了。

　　可母亲却说，只要下雨，这一年就不会白忙活，到秋就有个好收成。

还记起小时候和母亲一起立在窗前等雨的情景。看到大片的云朵飘过来了，就兴奋地仰着头，一直到那雨点落下来，数着墙上的挂钟，看这雨能持续多长的时间。时间越长，母亲越高兴，她说："这回可下透了，我地里那些玉米苗可是解渴了！"如果云朵只是路过我们的天空飘走了，母亲就惆怅了，叹息起来。现在想起母亲那样子，应该比城市里的天天买彩票却和500万大奖擦肩而过的人还难过。

1996年的时候，我还在读高中，那年大旱，我坐在教室里是无心读书的，透过教室的窗子，总是看那天上的云，我盼那雪白雪白的棉花云能突然间浓密起来，遮住满天，再瓢泼似的洒下一场大雨来。那样庄稼就有收成了，母亲的累也就不会白挨了。只可惜，那一年，整整一年都没有落下一个雨滴。母亲说，秋天掰苞米的时候，是蹲在地上掰的。母亲说，种了七墒地，连苞米瓢子都装进麻袋里，只装了13麻袋。母亲说，庄稼人就得靠老天爷的脸色吃饭，老天爷高兴了，才能赏咱们一口饱饭吃。

所以母亲还说，下雨的时候，我们是要给老天爷磕头的。那一粒一粒的粮食都是上天的恩赐啊！

母亲真的给老天爷磕过头，年成好的时候，下过雨，母亲必是要到自己的地头上走一走的，见那庄稼叶叶舒展，绿得发黑发亮，她就跪在自己的土地上，把头叩在那泥土里。她说："这庄稼长得好了，我孩儿就有钱上学了！"

如今母亲老了，已经种不了庄稼了，可是到了播种的时节，她还是盼着这雨。今年的春雨勤快呢，雨滴落下来，我就把电话打给母亲，我说："妈，下雨了吗？"

母亲欣喜地说，正下着呢！

突然间的心境

　　最近不知怎么了，总是很困，很无力，做什么事情也都不在状态，挺想一睡不起的。早晨睁开眼睛不想起床，想接着睡，睡到下一个早晨。小时候，妈妈总唱摇篮曲哄我睡觉。

　　不想说话，沉默地坐着，想着那些漫无边际的事，我知道有些事我不能再为其劳神伤身了，可我还是忍不住去想。于是，去看看书，让自己从那些影子里走出来。

　　太过徒劳了，就难免累了。

　　我想家了。

　　感觉自己是浮萍。

　　今天给妈妈打电话了，她的手好了，精神状态也好了，我稍稍放心了。但是我难过，那个曾经很坚强很勇敢，又能干又会生活的妈妈和如今的妈妈已经不是一个人了。此生我再也不会听到妈妈斥责我的声音了，她变老了。

　　而人老了，是一件多么可怕的事情啊。

　　我像没出嫁时那样，和妈妈商量事情，实际上我不需要她给我拿主意，但我只是想让妈妈知道我还需要她，我愿意听取她的意见，我要让她知道她存在的价值。她很开心。

我呆呆地流泪了。我想起了很多小时候的景象，总被打，总挨骂，可是我却再也回不去那个年代了。情愿再被打，再被骂，那么我再也不犯倔了，我一定说我错了，不管我错还是没错。

我有一种想逃避一切的冲动，觉得生活是一件活得越久越麻烦的事情，甚至有些事太措手不及。我是多么的无能为力啊。

唉，又要过年了，真是怕什么来什么。我好怕过年过节啊，无限孤单。

第三辑 乡音·乡情

嫁到彼岸去

就算失忆了，什么也记不得了，也许在胡言乱语的时候，还会从唇齿间软绵绵地溜出几句关于童年的人，或童年的事。

我对我青春期的记忆永远是我趴在一张桌子上没完没了地学习，一副两耳不闻窗外事的样子。

童年所刻在脑子里的一切相较任何时期来讲，都更清晰些，是这一生也读不倦的长篇。每每零星的画面剪辑成片段的模样，在独处时突然划过心头，我想到的往往不是乡间瓜田果蔬的流香溢口，也不是无数玩伴在场院里疯跑嬉闹，而是我家屋后那条河。我就是那个坐在堤坝上看着同伴快乐地疯跑，和他们一起长大的孩子。我已忘了，那时的我是不是就揣着一抹安静的心绪：面朝河水，等春暖花开。

村里有个小二黑，他常常吸溜着一筒鼻涕，看着我痴痴傻傻的样子发问："有啥看的，不就是一条河吗？"

不就是一条河吗？可我看它不够！那一片在我目所能及的地方，宽达六公里的水域，就是我心中的大海。我常常幻想着对岸的人会长成什么样子，会不会听懂我说的话语。我也时常在遭到母亲责罚的时候，觉得自己不快活，长大了一定嫁到彼岸去，让母亲再也见不到我。

我知道那河叫霍林河，还是小二黑说的。小二黑大我一岁，他比我懂那么多，竟然无意中就能说出一条河的名字。我本该佩服他，却因此讨厌他。他整天骑在一根葵花杆上领着同伴满街跑，学着警察的样子抓小偷。同伴都怕他，叫他"大王"。我既怕他又讨厌他，怕他脏脏的样子碰到我。我不想当他的部下，更不想成为被抓的小偷，我就坐在堤坝上，冷眼看着那河水自西向东缓缓地流淌。墨绿的芦苇荡从这岸起伏到彼岸。不知名的候鸟盘旋在碧水蓝天之处，偶尔，发出悦耳的低鸣。有人站在小船上向河水里撒下一张大网，几分钟之后又收回网口的绳子，就会网上或大或小的鱼。

我常常是在最出神于河水里的一切的时候，突然遭到小二黑部下的围攻，在他的一声令下，被一群孩子带下堤坝。那次小二黑得意扬扬地在一群同伴的簇拥下，炫耀他知道这河叫霍林河。我记住了这河的名字，却厌恶小二黑至极。因为紧接着我听到他在大声地宣布："等我长大了，就娶洛妮儿当媳妇，你们谁都不能和我争，听到没？"他的部下们异口同声地呼应，大王的媳妇，谁都不许争！我不懂媳妇的含义，却发誓我要嫁到彼岸去，倔强地仰起头，流下委屈的眼泪。我发誓，我一定要嫁到彼岸去！

我儿时本来就很少的玩伴，在小二黑的一声令下之后，几乎没有了。我更加痴迷那河水，走在它的岸边，享受一个人的孤单。也许那个时候，我还不能领会孤单的含义，也或许我从那时候就已经练就了独处的本领。我捡过河边的石子，并不漂亮却很光滑，紫得暗淡，一点也不耀眼，没有人在意，可是我喜欢。我喜欢把它们揣在口袋里听它们发出碰撞的声响，像清脆的音乐，从瓜蔓一样的羊肠小路这头响到那头。

我的村子很小，九曲十八弯的小路却有好多条。那条条小路就是带着弧度的射线，它的另一端就终止在霍林河边。那个点让我童年所有的向往都抛掷到了河的那一岸。

彼岸到底有什么呢？我想那里的花定比这岸艳丽，那里的人定比这岸高贵，那里的孩子定比这岸安宁。六公里宽的水域让我的童年里装了满满的希望。

小二黑是那群同伴当中第一个去了彼岸的人。他的姐姐出嫁了，红彤彤的颜色挂了满身。乡亲摇着三两艘小船穿过芦苇荡的缝隙，把她送到了彼岸去。我站在岸上看她时，觉得她是这世界上最幸福的女人。她嫁到彼岸去了，那个我向往的国度 (小时候我一直以为那一岸就是另一个国家)。

小二黑坐在摇摆的小船上回来的时候，我破天荒地凑到他的身旁，叫了他一声二黑哥……那天他很开心，讲了很多彼岸的事，说好多大人给他糖吃，给他抓肉丸子，回来的时候还给他揣了两个红纸染过的鸡蛋。他夸张地从衣兜里掏出来，我看到了，红盈盈的两个大鸡蛋。可我不想知道这些，我问，那边都有什么？

二黑想了想："没什么啊？和这边差不多，还不如这边呢。"

不可能！我狠狠地瞪了他一眼，我所有的梦在他的回答里遭到破坏性的质疑，他一定是怕我嫁到彼岸去，才故意说彼岸不如这里。

老榆树就长在河边，满身的疤痕，经历着岁月的沧桑。榆树钱儿黄了一回又一回，那个喜欢坐在堤坝上向往着嫁到彼岸的小女孩终于淌过了那条河。

去乡里上中学必须淌过那条河。

坐着渔船悠悠划向彼岸，知道隔着六公里水域的彼岸和这边一样贫瘠，那里不是什么理想的国度，只是我儿时一个梦想的天堂。

我的梦就破碎在那一瞬间，我站在彼岸的那一瞬间。

人是需要不断经历的，要在现实中历练自己的。有时候一个人的长大和年龄无关。

小二黑离开村子那年 19 岁，他或许早已忘了儿时发誓要娶洛妮儿当媳妇的誓言，也或许他看透了洛妮儿根本不会再回到村子的真相。他走了，背着大大的包裹，和出去上学的我一起坐上了乡亲的船。

小船悠悠于水间，有一个美好的愿望裹在心里面。

"彼岸有什么?"小二黑立在船头突然回眸这样问我。我方注意到儿时那个轻狂的小子原来什么都记得。瞬间羞红了脸颊。

"彼岸有梦想。"这是我对小二黑的回答。

我的家园固守在那块贫瘠的土地上，那条霍林河竟然是我最初的希望。不曾到达彼岸的我是多么幼稚和荒唐，如果我是一只青蛙，那六公里宽的水域就是我的井。当我幸运地跳上井台那一瞬，我的梦在刹那间碎裂后，稍做迟疑，却又在每一个碎片上都生出一对新的翅膀。

跳上井台的青蛙必定要深入广袤的大地。这世界不是狭小的舞台。没有人会在这一刻看到多年后的自己，却用坚实的脚印在多年后见证着自己。

懵懂的小女孩长成少女又出落成大姑娘，那一年学业有成，那一年我嫁人了。嫁到了并非彼岸的彼岸，是对彼岸的向往支撑着我的梦想跳出了彼岸。

偶尔，我还会回去看看那条河。满身疤痕沧桑的老榆和童年的小二黑一样早已不知所踪。我对我童年的留恋从坐在那老榆的树桩上开始了。

慢慢地思索，抛开乏味的现实，在那一刻回归童年的路只能是记忆的单行线。再也回不去了的忧伤化作一滴眼泪滴落在干裂的河床上，那芦苇荡没了，那六公里宽的水域没了，那些会唱歌的候鸟没了，我早已不再记恨和厌恶的童年小二黑也没了。

此去经年，彼岸花开。家乡老榆的树桩上顽强地长出一缕新芽，下一次再回来看它时，树芽儿一定已长大，小二黑他也回家了吧?

土豆香

北阳台里堆满了各式的菜蔬，看着竟然什么也不想吃。一个手提袋里滚落出的一只大土豆静静地躺在地中间，一下子就让我想起了童年的冬天，围着小火炉子烙出的馨香的土豆片，这样一想，食欲竟被这只大土豆给勾起来了。

我给土豆打皮，洗净，切成片，放在平底锅里去煎，还滴上了自榨的葵花油。一正一反一个翻身，土豆片两面焦黄，香味溢满了厨房。捡一片放在嘴里，好吃！还是那么好吃！

记忆随着这香味穿越了岁月的光轴回到了一个老去的年代。眼泪淌了下来……泪水凝滞在空气里，精致成椭圆的水滴，晶莹剔透，仿佛岁月的镜片，被深山老林里修炼多年的仙姑施了法术，一张一张地放映着那些无法找回的画面。

要栽土豆啦！母亲把上一年精挑细选出的能做土豆栽子的优良品种全都拿了出来，倒在屋的中央。母亲搬着小板凳，坐在一大堆土豆中间，满脑子都是土豆的样子掰着土豆栽子。要先选好芽胚，土豆身上的小坑就是芽胚，找到那个小坑，再找好切点，千万不能把芽胚切坏，也不能切偏，切坏了就等于切死了，切偏了种到地里土豆栽子水分丢失会自己干死。母亲每年春天都把掰土豆栽子当成头等大事来抓，而且必须亲自抓。一家人一年的菜和我们冬天要打牙祭用的零食都指着这土豆呢。母亲总说，土豆是家常菜，庄户院的人家，一年到头天天得和土豆打交道。土豆都吃不上溜儿，日子更没法过了。

"土豆开花喽！"夏天的时候，母亲常常这样兴奋地和邻家的大婶打着招呼。邻家的院子里种满了扫帚梅，还有大芍药、小芍药。我常常跳过墙去，偷偷摘来三五朵，别在头发里，回到家中对着镜子让母亲看美不美。母亲啧啧地说："美啥美？净知道臭美！这世上最美的花就是土豆花。土豆花多好看，要粉有粉，要白有白，要紫有紫，开得满地新鲜。"

"土豆开花有啥用？又不在上面结土豆？"我反驳着母亲。

"上面的花越多，地上的土豆就越多咧！"母亲笑我小孩没见识的样子一般。

"土豆花不香咧。"我摆弄着头上的大芍药，紫紫地夺人眼目。

"闻不到土豆花的香，是你不热爱土豆咧！你不是庄稼人咧，你不爱土豆？"母亲把我的芍药抓过去团了，丢在地上。

"我爱吃土豆，但我不爱土豆花！"我看着骤然失去颜色的芍药嘟囔着。

"没花哪来的土豆？"母亲白着眼睛斜视着我。

土豆开花的季节也是豆角结荚的季节。母亲常在春天栽下土豆的时候，选出三五条垄在靠近地头的地方，土豆与土豆的间距间带上豆角。豆角结荚的时候，母亲就领着我们去土豆地摘豆角。这种活我是乐意去做的。因为土豆地里年年都会长出一种我们当地的小孩叫作"莜莜"的植物，结出的果实就像鸡眼睛般大小，未成熟时是绿色的，成熟以后有黑色的，也有黄色的，有一种又甜又香的味道，密密麻麻地赖在土豆地里，诱惑着我馋馋的嘴巴。摘豆角毕竟不能天天去，有时候趁着父亲和母亲午睡的空当儿，我就偷偷地撺掇弟弟给我壮胆子溜出去，向村子东头的庄稼地跑去，专找土豆地往里钻。

不管谁家的只要放马杀进去，准能碰到好吃的"莜荬"。吃饱了，我就和弟弟互瞅着，他的脸绿一道、黑一道的，我对着弟弟嘿嘿乐，弟弟却说，你还乐我呢，你的脸也不比我好哪去。

土豆地两旁高庄稼的阴影已漫了过来，把太阳给遮没了，才想起该回家了，可又不敢回家。这么晚了父母肯定着急了，回家赶在他们气头上准挨打。我说，索性一不做二不休，再拔两棵莜荬秧扛回去，就说专门带给父母的，兴许一打马虎眼这顿打就免了呢（不过我的馊主意大多时候不奏效，一般都是弟弟看母亲表情不对撒腿就跑，我倔强宁死不降）！

母亲在打我的时候，会边打边问，还敢不敢去土豆地败祸了？把土豆秧都踩倒了，土豆花都碰掉了，把土豆地都踩硬了，土豆长不成大个儿了！她总是有一大堆拿土豆说事儿的理由。

每到秋天家里起回的土豆要用马车往回拉。还记得我们家有一个东厢房，靠墙角的地方父亲挖了一个深深的窖，是专门用来装土豆的，我们都叫它土豆窖。秋天起回来的土豆把一个深深的窖填满了，父亲还要在窖上面围上芡子。芡子一圈一圈地往上围，围了一人多高，里面装的还是土豆。

起回土豆的当天晚上，母亲要做上辣椒闷子，烀一锅土豆，不烀太大的，也不烀太小的，挑匀溜儿的，拳头大小的烀上一锅。母亲说了，起回土豆的这天吃烀土豆，明年的土豆还能大丰收。我和弟弟最爱这一口。尤其是面乎乎的土豆蘸上辣椒闷子上面漂着的那层油，有咸滋辣味，抹在土豆上，嚼在嘴里散着奇异的香。我常常和弟弟为了争上面那层油就打翻了饭碗，吵得不分上下，毫无姐弟情面。我急眼了，就用筷子把辣椒闷子搅浑了，上面的油就混到酱里面去了，弟弟扯着嗓子哭起来。我又怕挨母亲的打，就小声哄他："你别哭了，一会儿油还会再漂出来的，你要是再哭，油就吓跑了！"弟弟不哭了，眼巴巴地瞪着辣椒闷子，看着一层细细密密的油珠儿钻出来，漂了一层，就破涕为笑了。

冬天总是最惬意的。父亲会在炕沿儿底下支一个铁炉子。小炉子一烧，所有的寒冷都被拒之门外了。夜晚悄悄来临的时候，一家人围在旁边，母亲纳着鞋底，父亲招来三两个村中的老友喝茶水，嗑瓜子，有一句无一句地闲聊着。而我和弟弟在这样温馨的时刻是绝对不会安静下来的，跑到东厢房，摸出几个大土豆，在铁炉边上放一块木板，用小刀把土豆一片一片切下来，贴在炉盖子上烙着吃。火候要是找得好，烙出的土豆片灿灿金黄。最好是玉米瓤子火。玉米瓤子着到火焰已落，却正炭火猩红的时候温度最高，把土豆片放上去，一正一反一个翻身就熟了，满屋子就飘着土豆的香气了，金黄金黄的两面嘎嘎，光看着不吃定会馋死人的。先赏纳鞋底的母亲一片，母亲冬纳鞋底，夏做棉衣，屋里屋外的一把好手，难得闲下来，难得有一份闲情守着我和弟弟，看我们这样快乐地忙来忙去。母亲吸了一下鼻子说："真香唉。"带着一脸柔和的光，不过手，直接用嘴接走我手里的土豆片，继续纳她的鞋底去了。再赏喝茶水的父亲一片，父亲总是那么眯着眼睛带着弯弯的笑，无论我们多么淘气都是一味地纵容着。父亲不要，搪不过我的软磨硬泡，到底还是乐滋滋地吃了一片。还坐着叔叔，大爷呢！却舍不得撒手了，父亲笑弯的眼角垂下来了，问，"没了？有呢。"不情愿地答着，却还是毕恭毕敬地递给叔叔大爷们，等他们说："那我可就吃了，可不客气了。"我的小脸就憋红了，屋子里就哄笑一堂。

回忆里似乎每一个冬天都一贯地守着那个小火炉，傍晚，无论下着雪，还是刮着风，总是那么温暖，飘着土豆的馨香。大一岁的姐姐和弟弟在炉子边为了一片金黄的土豆片抢来抢去，最后又以失败告终。

还记得我十岁的那年秋天，坐着父亲的马车去起土豆。马在路上受了惊吓，突然发了毛，在乡间的土路上横冲直撞，父亲还好，只是被甩到了一边，而坐在车上被土豆围着的我，随着发毛的马车一路颠簸之后，跟土豆一起滚下了马车。土豆撒了一路，我被甩到了路边的灌木丛里。我在医院里住了三天，我醒来的时候，听弟弟说，母亲沿着那条土路捡了一天的土豆，全卖了，为救我的小命。弟弟说这回冬天吃不到土豆片了。我说这回咱们家一年的菜没了。

　　那年冬天来的时候，小火炉子支在了炕沿儿底下的时候，我和弟弟格外的空虚，围着火炉团团转，总觉得缺了点什么。母亲却总是隔三岔五变戏法一样从东厢房拿回两个大土豆，放在铁炉子旁边……

　　人不是一岁一岁长大的，而是一事一事长大的，我的长大就是从那一事开始的。因为那一刻我意识到母亲变出来的土豆是从我们每顿菜里一点一点省出来的。

　　而此刻我吃着油煎的土豆片仿佛看到家乡的夏天，土豆地里有粉、有紫、有白的土豆花正轻轻地荡着，甜甜的，香香地溢满了乡间的空气，而那根下的土豆则一嘟噜一嘟噜在肥沃的土地里疯狂地膨胀着，膨胀着。带着被母亲爱着的幸福……

原来你就是我的天堂

我从来不觉得我爱过我的家乡。我太熟悉我的家乡，太熟悉那里的凄凉，那里的贫瘠，那里的荒诞和无知。那里总会让我的心很疼很疼，一想到就会涌起无限的惆怅，那里就像是一片原始的腹地，被这个世界遗忘，也遗忘了这个世界。我童年里所有的梦想都被裹进一片苍茫的盐碱地里，让多年后长大的自己在记忆的碎片中，苦苦地思索，那苍穹下苍茫指引的到底是什么呢？

记忆中儿时的模样，总是在村子西头那块长着茂密碱蓬草的盐碱地上一个人寂寞地疯跑，七八岁的样子，碱蓬草和七八岁的我一般高，钻进里面睡个懒觉，或躺在一块被碱蓬草团围着的寸毛不生的盐碱地上，静静地看天，看变化无常的云朵，一会儿像猪，一会儿像狗，一会儿像奔腾的骏马，转眼又成了飞月的嫦娥。在那段模糊遥远的时光里，快乐总是安安静静的，像是一直在遐想中度过，在无边的思索中一点一点地长大。那个长大的过程安详舒缓，饱蘸了少女的矜持，用沉默浇注着一朵花的绽放，悄无声息地用一簇寂寥的美丽与那片盐碱地孤独地相偎相拥。所有的眷恋和不舍就是那时刻在骨髓里伸出枝蔓，待到离别多年后重逢时，蔓延在整个血液里，在灵魂的深处肆意滋生。

我从来没有想过，有一天我坐在城市的大巴里驶回我的家乡，站在盐碱地旁的顽强生长树林里静静地听清晨的鸟鸣。

那里那么安静，远离了喧嚣，远离了繁华，也远离了庸庸碌碌。在那里，就在那个我儿时曾在里面挖过野菜，采过蘑菇，甚至上树掏过鸟窝的树林里，我忽然意识到，有一种东西其实一直与我默默相守。任时光荏苒，它一刻也不曾离去。那么熟悉，就在耳边响起；那么清亮，就在心底划过。掀起记忆的潮汐，一浪一浪地涌来，澎湃汹涌。布谷在叫，鸠雀在叫，喜鹊在叫，乌鸦也在叫，那些不知名的小鸟它们一起在叫。这是长大后的我第一次发现我的家乡竟然用如此的方式演奏着一场清晨的交响乐。我猜想，这一切是不是从我懵懂到现在一如既往地悦耳着，还是一个久居闹市的人忽然间发觉的世外桃源？

听，像是谁拉着手风琴，姗姗的女子吧？飘着长长的青丝，微微的晨风吹舞她的裙摆，少女的脸颊漫过一抹朝霞般的绯红，踱着轻盈的步子，款款走来……

听，像是谁吹着口琴，是邻家哥哥吧？双手握着琴腹，轻举在唇边，长长的睫毛掩饰不住眼波的脉脉，他在吹一曲《小草》，和着布谷的叫声，鸠雀们一起振翅合唱……

听，像是谁弹着吉他，是生机勃发的少年吧？他那么欢悦，双手撒开自行车把，展开双臂，从那条带着小小陡坡的林荫路上冲下来，后座上漂亮的女孩子吊着高高的马尾，抱着一把木吉他……

哦，这是我家乡的早晨，在我阔别它多年以后，在我偶然回来的时候，我偶然地发现，在我的心灵深处，我与它像是前辈子有个约定，朦胧、遥远、可望而不可即却又近在咫尺。我靠近它不能，离开它不舍，总有那么一种沧冷的曲调和着悲怆的呐喊将我的灵魂深深地吸引，让我在爱与不爱之间苦苦地挣扎。我的生命注定要被这种似是而非的情愫撕扯，注定要与一种幽僻的荒凉厮守。

是的，厮守！就像心与心的厮守那般，厮守着我的家乡，厮守着那份回味，厮守着我的童年、我那逝去的过往，和永不再来的青春！再也回不去了，记忆里那段孤单、寂寞、空旷、短暂的时光。生命里的一切都被安放在了岁月的底片上，

这一刻，我深深地意识到，一直以来家乡就隐匿在我的心底，深沉、宁静、不露声色；它的贫瘠和凄凉、它的荒诞和无知正是我深深爱着的缘由。多少年了，原来我一刻也不曾离开这里，我的心一直在这里，我的脚步一直跟随着我的心在这里游荡。在那片繁衍茂密的树林里，在那曲曲弯弯的林荫路上，在那块生长着顽强植被的盐碱地上，在那条绕村而过的霍林水旁，我的脚步曾经在那里流浪，而如今我的心又流浪在那里。

原来你就是我的天堂！

消失的秧歌

　　童年的时候，我家住的地方是一个百十余户的小屯子，名字叫胡家窝卜屯，胡家窝卜屯和高小铺屯相隔六里路，由好几条毛毛道牵着，两村的人要是走动起来就跟近邻一样的方便，属一个村。每年过年之前胡家窝卜和高小铺两个屯秧歌队的执事人就会把各自的秧歌队组织起来，比着赛似的编排节目，好在正月里争着抢着出彩头。

　　扭大秧歌一般从正月初三开始，最迟不过正月初五，两支秧歌队就会呼呼啦啦地转进各村各户。按规矩到各村之后，要先去大队扭。我们一群孩子远远地听见那锣鼓声，就会把屋子里正演得热闹的电视剧丢掉，穿上过年时新买的衣裤，结伴跑到大队的院子里，去看扭大秧歌。宁静的小村子因为有了秧歌队的到来增添了喜庆和热闹。

　　那些扭大秧歌的人，个个的扮相那叫一个丑哟！可扭起来却是贼拉拉地浪！好好的女人被画歪了嘴，耳朵上挂着红辣椒，足有一米长的大烟袋横端在胸前，白白的脸上两块圆圆的红蛋蛋，一扭起来妖道似怪的，活生生的一个旧时代财主婆子。有背着媳妇的猪八戒，还有赶着毛驴送媳妇回家的姑爷子，长发须眉的老者，踩着一米多高高跷的俊男靓女，披红挂绿。我们村的喇叭匠子梁四爷平时都是给死人吹喇叭的，一到正月里就乐呵了，说总算可以吹点欢庆的调子了。

大队的院子扭完了，村里的领导会拿出上好的香烟或实实在在的票子打点给执事人，这样，执事人就领着秧歌队到村子里比较爱脸面又比较富裕的人家接着去扭。有的人家日子不好过，远远地听到喇叭声，会打发孩子老早地把大门锁上，再从窗户里跳进来，然后拉上窗帘，一家人坐在热乎乎的炕头上优哉游哉地嗑着瓜子，看着电视，哪怕外面的喇叭声锣鼓声吵翻了天，也和他们没关系了。有时候，孩子到底还是耐不住寂寞，被外面的热闹声吸引得直转圈圈，就会被大人痛责着从窗户把他扔出去，并严厉地告知，秧歌队不走，你就别回来！来来回回地爬窗户，让人看见多不好！

出手大方的人家就不在乎这些了，一听见那锣鼓声，老早地就在大门口张望，盼着那秧歌队早点到自家的院子里来，那可是在村子里的威望和名声的象征！

我记得，那时候我们村子里有一个村医，叫蒋树旺，他家的条件特别好，每年春节村子里来了秧歌队，都免不了去他家里拜年。偶尔，我们村的秧歌队和高小铺村的秧歌队，甚至和我们一道之隔的乾安县的秧歌队三支队伍会合，一起到他家的院子里扭秧歌。

三支秧歌队一起扭，就有叫号的意思，有比赛争强的意思，所以那样的场景才是最热闹的。每当遇到这样的情况，蒋树旺从来都是不慌不乱地坐在院墙上任他们可着劲地耍，一耍就半个小时或者一个点。他不着急打发他们，不着急给他们送赏钱，不送赏钱他们是不会走的。这样，我们这些小孩子是格外喜欢的，都觉得在我们村子里蒋大夫是个实实在在的大好人，大人们都说蒋大夫医术高，人也好，而我们小孩子们更是都喜欢他。

蒋大夫有一个女儿很漂亮，每年一到正月了，她就格外的美丽，新衣服，新鞋子，丽丽整整地穿在她的身上，把她高挑挺拔的身段衬托得更加动人，那时候我妈妈还用秋月胭粉，可人家蒋大夫的女儿早就用上了高级粉饼。我们几个比蒋大夫的女儿要小上三五岁的丫头蛋子聚在一起的时候会悄悄地议论她，希望自己也快点长大，长出那样的眉眼来，有那样好看的衣服穿，用高级粉饼抹脸蛋！

"就你们几个下贱胚子还想学人家蒋大夫的女儿？"这是我们村子里一个佝偻着腰的老太太骂我们的话。

她是我的叔伯姑奶奶。一听到她骂我们这样的话，我们简直要烦死她了。可她就是那么不管不顾地骂着我们，叨叨咕咕地没完没了。尤其，她会指着我说："瞧瞧你那小眼睛，人家蒋大夫的闺女闭着眼都比你睁着大！"

她常常就把我气哭了。我的伙伴们也总是对我说："你的姑奶怎么那么讨厌呢？"

她可不就是讨厌吗？可是我有什么办法呢？不管怎么说我得叫她一声姑奶奶。不过后来到底还是有一次，我惩罚了她！

那年正月里，我们几个丫头蛋子在村子外头的泡子上打秃噜滑儿（溜冰），远远地看见秧歌队朝村子里一扭一扭地走来了。我们从冰面上爬起来往村子里跑，路过蒋大夫家门前的时候，看见蒋家漂亮的大闺女生生可人地捋着辫子笑盈盈地站在门口了。她那美美滋滋的样子着实是把我们吸引了。

我说："她的眉毛好黑啊！弯弯的！"

另一个说："描眉了吧？"

另一个说："咱们也描！"

咋描？"我心动了。"

我有办法！不记得是谁的主意了。但是我们真的用她的办法描眉了，黑

105

黑的眉眼。我们一起动手花了好大的力气从一块废电池里砸出来一根铅芯，就是那个不足两寸长的铅芯，真的就把我们的眉眼弄黑了，看上去特别扎眼。那时候是不懂得像我这样的小眼睛是不适合画眼圈的，但却画了，画得连眼珠子都找不见了！

那个老太太又骂了我一顿，还向我妈妈告了我一状，说我不学好了，把眼画了个乌眼儿青！

当然是免不了一顿毒打的，屁股上的疼痛让我记下姑奶奶的仇了。傍晚的时候看见家家户户的屋顶上都冒烟了，我就想报复一下子这个爱管闲事的老太太了。我和另一个比较要好的丫头商量着把她的烟囱堵上，让浓烟呛一呛她，让她长点记性。

另一个说："那好办，找一块坏头扔进去就行了。"

嘿嘿！那会儿我虽小，心地却还是很善良的。我说："那不行，扔进去坏头我姑奶奶要扒炕才能把坏头取出来，很麻烦的。"

另一个说："那怎么办？"

我想了想拎着一个破盆子爬上了房，扣在了姑奶奶家的烟囱上……

后来我的姑奶奶一见我就笑，一见我就笑，我妈也笑，我倒是不好意思了。

再说回那天我们画完眉眼去看秧歌的情景吧，那天站在看秧歌的人群里，我是没心思看秧歌的，我在人群里找眼睛，我想看看人群里有多少眼睛看向了我，又有多少眼睛看向了蒋大夫的女儿。

后来，这些我都不记得我找见了没有，因为我发现了一个秘密，而且这个秘密在第二天就成了村子里的爆炸新闻。

那天的秧歌扭得欢，蒋大夫照样坐在墙头上一副高高在上的样子，他总是那样高高在上的，虽然不是故意摆姿态，但是他的气场就在那里，让人凭空就生出敬意。所以他走在路上，腰杆向来是直挺挺的，气宇轩昂。

他的女儿就站在他的侧面，我们一群丫头的旁边。我看见她的眼神和秧歌队里扮演猪八戒的小伙子撞得咔嚓咔嚓直冒火星子。那个小伙子我们都认识，是离我们村六里之遥的高小铺村的，年年秧歌队里都少不了他，年年来，年年来，我们在很小的时候就记住他了。农闲的时候，他还骑着摩托车十里八村地转上一转，收鸡，收鸭，收大鹅，还收马鬃、马尾……有时候，我们这些丫头会说，他看着让人心里挺舒服的。

"哈，是想嫁给他吗？"有人会这样逗笑。

"我才不呢！我才不嫁给这样的小贩子呢！我长大了要嫁给城里人！"有人就是这样不害臊。

"城里人有什么好？要是没工作的，我妈说还不如咱们农村的日子好过呢。"看看，有的丫头就是这么现实。

那时候，我不说话，我偷偷地想，我要找一个有学问的，戴眼镜的，最好不要像我爸那样一张口就骂人的！

……

哈，蒋大夫的闺女竟然对着"猪八戒"放电，我替她叫委屈。她为什么要喜欢他呢？她那么漂亮，至少要比我的想法高，我都想要戴眼镜的呢，我都想要有学问的呢！她怎么可以对着一个"猪八戒"就神魂颠倒了呢？我想起了去年夏天的时候，我听见我的姑奶奶和我妈闲聊的时候说，那个收马鬃、马尾的还真敢想，去蒋大夫家提亲，那不是闹玩儿一样吗？蒋大夫那么俊的闺女能给他，人家那是啥条件啊，能找咱们平头百姓人家吗？

我妈也说，是没谱的事儿！

可谁知道呢？就在那个火星子满天飞的晚上，蒋大夫的闺女不见了。当时是正月初五，我们村子里一下子就热闹得没边儿了。谁都不再说过年的事了，一开口都说："知道吗？蒋大夫的大闺女跑了？"

"跑了？跟谁跑了？"

······

那天以后秧歌队突然就不来了，扭得好好的秧歌队突然就消失了，和蒋大夫的闺女一样没了一点消息，任我们怎么盼再也没盼来正月里的大秧歌。以后的多少年一直到今天那秧歌都随着那个惊悚的夜晚一起不见了。

我知道那秧歌怎么就没了，他们都知道！所以蒋大夫一向挺拔的腰杆子突然就弯下去了，在村子里开得好好的诊所也搬走了。以后，我们村子里又接连开了几个诊所，都没蒋大夫开得景气。村里人说，医术不行呀！他们虽然没有闺女像蒋大夫的闺女那样突然在一夜里失踪了，但是没过多久他们也还是搬走了。

又过了很多很多年，村子里的人再提起秧歌的事，总是要扯几句蒋大夫，总是要扯几句那漂亮的蒋家大闺女。

尤其是我们村的喇叭匠梁四爷，一提起秧歌就两眼泪汪汪的，他说："想念那段时光哟，我的腮帮子都痒痒了！"

我也想念那段时光，那时候应该是十一二岁的样子吧？是一朵刚刚绽开的苞蕾。

老村支书

老村支书的中秋节是在一块新堆起的坟墓旁度过的。

老村支书一大早就拎着一斤烧酒，自己婆娘亲手做的半只烧鸡，外加二斤五仁月饼去了那块坟茔地。婆娘见他走了，也不叫他，由着他去了。婆娘知道，他心里难受得慌。

老村支书其实也不老，四十出头五十不到，只是他当村支书的日子久了，村里人就都叫他老村支书。老村支书能把村支书当得这么久，全都仰仗他的人好。人好，实实在在的，实实在在地为村民们做好事，村里人都服他，都敬他。要是放在从前，就是他自己也敢拍着胸脯说，我老村支书做得每一件事对得起村上的每一个村民！

可是自从这座新坟堆起来，老村支书不敢那么说了，老村支书对得起天对得起地，唯独对不起这个躺在土包包里的人。老村支书一看到这个土包包，眼泪哗哗就淌下来了。他跪下了，他把酒瓶儿拧开了，他抹了一把脸上的泪水对着土包包说："知道你爱喝酒，就给你带来了；知道你就爱吃我那婆娘做的烧鸡也给你带来了；八月节了，五仁月饼是不能少的，但是你胃不好，一向吃不了甜食，所以多了也没带，按咱们每年的老规矩，二斤，足够你消磨几天时光了……"老村支书倒了两杯酒对着那土包包一个人空饮起来。饮

109

着饮着脸颊就红晕了，情绪也上来了。他说："你说平常日子里，只要我出去给村民办事，你总是特别支持我，总说，往好里整啊，我在家等着听你的好消息。这次六号坝发洪水了，一开始我看你身体不好，还想等几天再去坝上。可是你骂我，你骂我说，那几千里以外的部队都赶来帮咱们抗洪抢险了，你咋能放着自己的家园不顾，坐在家里袖手旁观呢？我想告诉你我不是袖手旁观，是你的身体真的太虚弱了，离不开人。可我还什么也没有说出口，你就扬起手臂对我说，你要不赶紧到坝上去，以后别说是我儿子，我没生你这孬货！"

老村支书又喝了一口酒，他说："我在坝上守了一个月，回来了，我想告诉你，洪水像败寇一样被我们击退了，可是你不在了。竟然躲到这里来了！你不想听听你儿子的'战功'吗？洪水真的是无情啊，有两个狂风骤雨的夜晚，大坝开了十几处口子，部队的官兵和村民们一起奋战了两天两夜，终于没让洪水冲毁我们的家园。又累又困哟！那还用说，你猜你儿子摔了一个跟头，然后怎么了？呵，然后竟然趴在泥坑里睡着了……"

老村支书拿一杯酒倒在了坟前，他接着说："你竟然……竟然不让我那婆娘把你去世的消息告诉我……你说你是一名老共产党员，不能在关键时刻拖人民群众的后腿。其实你病危的那天我那婆娘给我打电话了，爹，对不起啊，我也是一名共产党员，关键时刻我也不能丢下群众不管……"

老村支书把剩下的烧酒全部倒在了那泥土芬芳的坟墓上，有风拂过，漾出酒的醇香。老村支书醉在那酒香里，趴在坟墓上，睡了！

童年的黑白电视机

那年我七岁，听说村长家买了一台电视机，我不知道电视是个啥东西，只听说一按电钮，里面就演戏，我嚷着让母亲带我去看。这件事让母亲很为难，因为村长的老婆有洁癖，进他们家的门要脱鞋。但母亲也好奇，最后母亲还是牵着我的手去了。村长的院子里站了很多人，村长的媳妇嫌大伙的脚脏，都被堵在了门外面。不过那天，她很大度地打开了窗子，大伙就伸长了脖子朝屋子里看。大伙让村长的老婆按电钮，村长的老婆说不是电钮，是开关。大伙就说："那你按一下开关。"村长的老婆又说："还没到点呢，得等到七点才有节目。"大伙就站在她的院子里等。我个子小，怎么也凑不到前去，那天我什么也没看到，很失望。后来再怎么央求母亲她也不肯带我去村长家看电视了。

那年冬天，快要过春节的时候，父亲高高兴兴地抱回来一台电视机，14英寸，熊猫牌的。父亲当时还得意地说，这回可劲儿看，爱咋看就咋看，躺着歪着，随便。

我们家的电视机是村子里的第二台，有了这个家伙，家里忽然就热闹了。

当晚，邻居们都跑过来，帮着父亲找来足够长的木头杆子竖电视杆儿，拉天线头。电视杆儿埋在房檐底下，大伙抱着对方向，外面的人喊，真亮儿

（清晰）点了吗？有人骑在窗台上指挥，往东往东，不对，稍微往西，再往西南偏一点……

还记得当初调出的第一个节目是新闻联播，我看到男主持人一板一眼地对着稿子念，念一句就抬起头看一眼，我问的第一句话是："他能看到我吗？"母亲也很疑惑地说："不能吧？"后来我用手在屏幕上扫了几下，才断定那人是看不到我的。

自从家里有了那台黑白电视机，家里就夜夜门庭若市。有的老早就去占地方，去晚了就没地方坐了。

我们家后院的邻居姓薛，有四个男孩，每晚必到，每晚必把电视节目全都送没了，他们才肯回家。有时候，我们家里的人都睡了，一觉醒来，地上还坐着一群人。母亲只好说："你们谁最后走，谁把电视关了。"再接着睡。

那时候的电视节目看着很过瘾，没有广告，白天晚上连着放。整个冬天，人们就傻乎乎地蹲在屋子里围着电视机嗑瓜子，抽旱烟，唠家常。正月里就显得更疯狂一些，就跟城里人上班似的，分秒不差地往我家跑，甚至提前坐在电视机前等，等到节目一开演，这些观众也立马进入剧情，一会儿哭，一会儿笑的，一会儿又谩骂争吵起来，有的说剧情会这样发展，有的说剧情会那样发展，好像导演就是他们似的。

正月十五一过，母亲就开始提醒，正月了，可不能再这么熬了，天暖了，要拿地里的活了，刨茬子，送粪，看电视可不能当营生，电视剧里的漂亮脸蛋可不能当饭吃。

所以，农忙的时候，家里的电视机基本上就放假了。

在我们家买了电视后的三五年里，村子里的一些人家也陆续买了电视机，来我们家看电视的人陆续地少了。薛家的四兄弟在我们家看电视的时间最长，大约看了十年。直到薛家的老大结婚，他们家买了一台彩电，他们才不再来我们家看电视了。

我们家的那台黑白电视机我们看了 15 年，父亲依旧舍不得换掉。直到最后它无法再放出影子来了，父亲才百般不舍地换了一台彩电。

父亲把彩电摆在黑白电视机的位置上时，抚摸着那台黑白电视机说："你不知道，买这台电视机的钱，还是你外公出的呢。当时我哪里有钱，是你外公听说这玩意儿天天演孙悟空，拿出了 500 块一定要我买给你看的。"

说这话时，我外公已经过世很多年了。

钻石王老六

我出生在一个偏僻得早已被人遗忘的村庄，霍林河畔胡家村。胡家村地势属于陡坡状，村子建得很特别，不在陡坡之上，也不在陡坡之下，正好在陡沿儿上。如果在夜里，你从西面走来，会发现村子上下亮着两层灯火，很美，像是城里的二层小楼一样。最美不过的当属环绕村子潺潺流淌的霍林河。那条霍林河的小小支流，是上苍对村民的恩赐。

一望无垠的水面，翻滚的芦苇荡，成百上千的白天鹅，小鱼会咬到你的脚。那个时候，村里的男人大多是打鱼的高手，那河水富裕了村子里大部分人。河里有各种各样的鱼，有鲶鱼、鲫鱼、鲤鱼、胖头、泥鳅……还有一种鱼叫作"老头鱼"，我每每看到"老头鱼"总是想不通，它为什么会有这样的名字？是长得老吗？呵呵！数不尽的鱼，让我从来不觉着鱼是一道美食。我常常因为父亲每天都去河边买鱼吃和他争论，想不到的是 20 年后，那掺着浓浓乡情的臭鱼烂虾是我再也无法品尝的美味佳肴。

那个时候，每天清晨，河边宛如小小的闹市，各地的人聚在那里开鱼。车来人往，好不热闹！那个小小的村子，我从来不觉得它美，而事实上，它却那么美！忙碌而安静的早晨，女人们升起烟火，袅袅的炊烟穿过层层迷雾，紫气缭绕，直入云霄。河面上弥漫着水的香气，我常常从矮墙爬上屋顶眺望那些忙碌的身影，吵吵嚷嚷的喧闹，一派繁荣的景象！

六子是这河边最抢眼的一道风景。六子鱼打得精，却从来不打鱼。每天都倒背着手在河边甩着步子跟视察员一样，嘴里二人转小调飘得满村都是。

如今不比当年了，河水干涸了，渔网成堆成堆地废弃在院子里，大部分以渔为生的人躁动起来。小村子却一下子就安静下来，像沉睡的老妪，笨拙，衰老。迁走的村民掀去了房顶的檩木，独留黄土堆砌的框架子，在岁月的洗礼中，一年一年地矮下去。

但六子的名声依然很响，响在整个乡，乃至县里都挂了名。你好奇了吧？想问响在哪儿？告诉你吧，响在穷！穷得叮当响！上找三代都是好成分，他的祖父和父亲在中华人民共和国成立之前都是祖母家里的长工，可谓是"根红苗正"！六子的心情并不会因河水的退去或干涸而受到影响。六子的至理名言是："人的命，天注定，胡思乱想全没用！"穷是穷，乐呵着呢。

六子家在村子的西北角，两间低矮土房，一脚踏进去，像是踏进了黑窖里。墙面上有被雨水冲刷后的沟痕，似乎多少年来都未曾抹过一把泥。路过他家的门口，便会有一股味道随风袭来。男人们毫不在意地走过去，女人则一手捏住鼻子，一手在眼前扇来扇去。六子的大哥看在眼里，一个箭步冲到大门口，对着路人，用憨里憨气的声音大声嚷嚷："你再敢捂鼻子，我放狗咬你!"说着回头叫狗，狗疯了似的把前爪搭在墙上，对着路人狂叫。六子的大哥就发出憨憨的大笑。女人骂道："你个死半拉子!"随手拾起半块砖头扔过去。六子的大哥一下子就火了，带着哭腔对着屋子里喊："爹，我不是半拉子!"六子爹左腿有点跛，走起路来却一阵风，披着一件不知道是哪位先人留下的一件旧衣服，油油的，亮亮的，一颠一颠地跑出来，在门口的不远处站住，对着六子的大哥喝了一声："老大，给我回屋去!"六子的大哥就噘着嘴，抖了抖披在肩上的衣服，用袖子在下巴颏的胡子上抹了一下，又踢了狗一脚，愤愤地钻进了屋子。六子爹紧跟进来问了一句："老四和老六呢?""老……老四给村上看青，还……还没回来呢。老六，不……不知道跑谁家蹭……蹭饭去了!"六子爹一边听着，一边把锅盖弄得叮当乱响。

六子一天到晚没啥事儿，早晨从被窝子里爬出来就到大街上，背着手来回地溜达，猜准了谁家的活计忙，就凑近院子，与人搭讪。男人和女人若都不说什么，六子就哼着得意的二人转小调，甩着步子，手插在衣兜里，继续满街晃悠，天天总会遇到有那么个人说着类似的话："六子，今儿没事?"六子说："忙着呢!"那人会说："家里有点活计忙不过来了，求你六子帮个忙呀，中午正好喝两盅!"六子就很爽快地答应说："也行啦，我先回家吃了早饭就来。"那人马上会把他迎到屋子里，怕他回家吃饭的空儿又被别人在路上截去了。不过，吃饭之前，女人难免会端来一脸盆子的热水："六子，洗把脸，精神精神!"六子就把一脸盆子的水洗得变了颜色。

六子差不多天天被小酒醉得脸红扑扑的，从别人家里出来，六子踱着方步子，一手插在衣兜里，一手捏着一根笤帚棍儿剔着牙，嗓子眼儿里哼着二人转，小曲句句在调上。迎面走来的人会说："六子，二人转唱得好呀!"六子得意起来：“那是，想当年差一点就成了二人转演员了，县剧团团长嫌我长得丑，愣是瞎了咱这副好嗓子！”六子说这话时用手指头在脸上抓了一把。对面的人一边走一边笑，走了几步又回过头来喊了一句：“六子，明儿来家喝酒呀，顺便帮我修一下四轮车！”六子说：“明儿我忙着呢！”那人就又说：“耽误你一天，哥实在是弄不走那个笨东西！”六子就很无奈似的说：“也行吧！”明天的酒有了着落，六子心里美着呢。

其实六子人巧着呢，会木匠活、瓦工，修理村子里“高级”的四轮车，还会点电焊呢！六子可是村子里的“香饽饽儿”，村里人要是没了六子，估计比口袋里没了钱还难受。你问难受在哪儿？难受在求六子一壶小酒就搞定的事儿，求别人可不行！

六子喊我的父亲叫大哥，我跟着父亲叫他六子。别人也都叫他六子，包括我以外的所有小孩子。

六子有事没事总好往我父亲那里跑，有活没活我的父亲都留他吃饭。他若在家里吃饭，即便母亲会烧上一水缸的水，把他扔在里面泡上两天，我也定要不上桌。父亲就瞪着眼睛吓唬我，我一转身，一跺脚，捧着饭碗，躲进厨房里，不愿再出来。六子才不在乎，照样把每个盘子里的菜都尝个遍。那个时候的六子，应该三十多岁。我常听父亲和他说：“六子，给你介绍个媳妇吧，带个孩子，你干不！”六子说：“我才不养别人的种呢！”父亲骂他：“你能什么能，人家愿不愿意跟你还不一定呢？”六子就耷拉着脑袋说：“我要是娶媳妇了，我爹他们就没人管了！”父亲劝了几句，可是六子最终没听他的话。

六子在我父亲的怂恿下还真去相过一次亲。记得那天父亲为他理了头发，刮了脸，母亲还找出父亲不穿的衣服给六子换上。干净利索的六子好像并不情愿似的出了门，我看着他一副垂头丧气的样子，直心疼我父亲的那套衣服。果真没超五天六子垂眉丧眼儿地回来了，像是病了一场，大伙问他咋了，他说是惦记他那瘸腿的老爹和两个傻哥哥。倒也是的，那样的家四口人，就他一个生理和心理都健全的。

六子成为村里"钻石王老六"是有缘由的。党的政策对这个贫苦户真是体贴入微，装在鸡蛋壳里都怕委屈着。这几年政策好了，资助得更周到、更全面。一到年底，六子一家人除了拿到必要的救济粮，还有一笔很可观的现大钞。六子凭自己的手艺，在村子里开了一个小小的修理铺，赚个烟酒钱是不成问题的。

六子也有几个年头不种地了，把自家的十亩多地承包出去，年年春天又能多看到两千多块现大钞。六子全都揣在衣兜里，在人多的地方，"呸"地啐一口吐沫在手指头上，一张一张地数起来。有人说："嗨，六子，满屯子人，你活得最潇洒！"六子头也不抬地摆弄着手里的钞票："我没老婆、没孩儿的，轻松着呢！"这样的光景要是再有人说："六子，有些活计忙不过来哩，求你帮个忙！"六子就腆着肚子，甩开步子："明儿我忙！"那人若说："你有啥忙的，帮帮忙嘛，六子！"六子就真的很无奈地说："明儿再说，明儿再说！"村里人就说："现在六子可不在乎谁家那顿小酒喽！日子滋润着呢！"

是呗，六子原来是盼着有人找他干点活计，现在可不行，得凭六子的心情，还得看六子瞧你顺不顺眼，顺眼就说一大堆我为啥帮你干活的理由，比如说"我是看你真不容易"，带着施舍的成分或者说"我六子就是心太软，你都开口了，我就不好拒绝你"这样的话。但要是六子瞧着不顺眼的人家，任你说上一箩筐的好话再加上一桌子的好酒好菜，六子也全然不再动心，反过来他会对别人说："想拿我当免费的义工使吗？我六子除了缺女人，我啥也不缺!"

六子爹90岁那年病了,最后还死了,对六子的打击是相当大的。六子说:"爹,你可不能死啊,国家政策规定,过了九十老龄委还给钱呢,咱可要好好活着啊!"六子一包一包地往回买药,旁人说:"六子,孝顺!"六子说:"自个儿的爹,得好好疼!争取让他活到100岁!"可是六子爹吃了很多药也不顶用,六子就把他爹抬到了乡卫生院,六子对大夫说:"可要救活我爹呀,这可是我们家的财神爷!"大夫眨巴眨巴眼睛愣愣地说:"没救了!"六子爹出殡那天六子哭了,撕心裂肺的。

胡家村这几年不怎么景气,年年旱!稍有能力的人都跑了出去,到外面的世界打打工,或是做个小生意,原来一百多户人家的小村子,现在不过剩了几十户。当然也有在外面混不到饭的,又跑回了村子。村子本来就老旧,加上走的走,搬的搬,房子被扒得乱七八糟的,只剩个土框框,和六子家的大瓦房怎么也对不上眼。国家有政策,贫困户盖房子有补助,六子家的大瓦房,三间,蓝盖,瓦蓝瓦蓝的。有个年轻人对着六子喊:"六子,有房了,弄个媳妇吧!"六子嘴上倔强地说:"我才不稀罕!"心里也为这事儿犯着嘀咕。五十好几的人了,日子好了,越活越孤单。年轻人又说:"六子,我给打工这家女人的男人死了,那女人和你年龄差不多,五十来岁,长得不老相,还大高个儿呢!"六子眨巴几下眼睛岔开话问:"明儿你们去多少人给她铲地?"年轻人说:"越多越好!"六子滴溜溜地转了一圈眼珠子:"铲地也不累,明儿我也随车去,挣几张票子!"年轻人哈哈大笑:"你六子也缺钱?"六子才不管那些,第二天早早地在四轮车车斗里占了个好位置。

说是铲地,实际上是女东家的黄豆地里长满了杂草、水蒿子,要用镰刀去割下来,根本不能用锄头去铲,这样反倒更轻松。找一个干活稳当、麻利

118

又不毛糙的男人领队，其他人跟在打头阵的后面，在一旁监工的东家就会很满意的。六子对这个女东家可真是上了心，干活时还时不时地瞄上几眼，大高个儿，头发烫着卷，一脸的富态相，连个褶子都没有。六子心里喜欢得不得了，越干越来劲，把领队的男人都落在了后面。女东家在后面偷偷地问："那人是谁？"所有的人心里都在埋怨六子，却七嘴八舌地大声说道："六子可是我们村的童男子呀，力气大着呢，有使不完的劲！""是不？六子！"六子头也不抬，摆出一副羞涩的样子，弓着腰很卖力地割。有人又喊："六子，来一段二人转吧，女东家最爱听二人转！"所有的人就都跟着喊："六子，来一段，听你的二人转干活不累！"六子回过身来，清了清嗓子，眼睛溜着女东家说："来一段？哈哈，那我就来一段《王二姐思夫》！"说着站在黄豆地中央，就唱上了：

"八月呀秋风啊冷飕飕哇，

王二姐坐北楼哇好不自由哇哎哎咳呀。

我二哥南京啊去科考一去六年没回头。

想二哥我一天吃不下半碗饭，

两天喝不下一碗粥，

半碗饭一碗粥，

瘦得二姐皮包骨头，

这胳膊上的镯子都戴不了，

满把戒指打出溜哇。

头不梳脸不洗呦，

小脖颈不洗好像大车的轴哇哎哎咳呀。

王二姐在北楼哇眼泪汪汪啊。

叫一声二哥哥呀咋还不还乡啊哎哎咳呀。

想二哥我一天在墙上划一道，

两天道儿就成双……"

一边唱，一边摆着姿势，女东家听得美，豪爽地大笑，最后还伸出大拇哥说："六子唱得好！"六子就唱了一个又一个。女东家对着领队的男人的耳朵说了几句话，那男人就对着六子喊道："六子二人转唱得好，活也干得地道，下午六子领队！"六子美得午饭都没吃好，下午早早地就把人领到地里干活去了。村里人说："六子你心眼缺不缺，你明儿别来了，你来车子也不拉你！"六子说："我骑自行车来！"

六子真的就天天骑着自行车来。

看到女东家跟在后面监工有人就喊："女东家，六子可是有钱的主，是我们村的钻石王老六，共产党养活着，还是电焊工呢，修理铺子开得老大了！"女东家看了看六子问："六子，你的铺子投资多少钱？"六子很得意地说："我要全弄完怎么也得个五万六万的！"有人正举着水壶仰着脖子往肚子里灌水，听六子这么一说，一口水"噗"的一声喷得满天都是！

女东家的活几天就干完了，六子心里却长了草，天天骑着自行车去女东家的附近跑。村里人问："六子，天天往北村跑干吗呢？"六子说："我去河里打鱼呢！"村里人说："河都干了，哪来的鱼？是去打野鸡了吧。"六子不回答，岔开话说："我看到芦苇荡里还真跑着野鸡呢！"村里人就哈哈大笑。六子蹬着自行车讪讪地走了，心里揣着自己的小九九。

暑伏的时候，村里人最闲，男人们、女人们成帮结队地蹲在墙角下，女人在阴凉里纳着鞋底，男人打着扑克，六子也来凑热闹，只是手里多了一个物件。不一会儿那东西嘀铃铃地唱起了歌，六子把它放在耳边，一会儿说，一会儿笑，一会儿又骂上几句，踱着步子不停地说。

墙角下的人把眼睛齐刷刷地看向六子，快嘴的女人抢先说了一句："六子，真能哎，哪来的手机?"

六子神秘的笑而不答，几个女人就一拥而上，夺下六子手里的物件，苍蝇看到血似的盯着，七嘴八舌地议论着。

六子整了整衣襟大声说："别弄坏了呀，这可不是一般人送的!""谁呀? 谁呀!"六子越是神神秘秘的，女人追问得越紧，有的男人干脆说："六子，不是那个北村的女人送的吧?"

六子显得很腼腆地说："还真是她呢!"

"你俩好上了? 真的好上了?"村里人有点诧异。

六子说："早好上了，我每去一次，她都把我的衣服洗得干干净净的，不信? 看看这衣服!"说着随手在衣襟上掸了几下。村里人看了看，六子确实变化了，比以前要干净了。

"六子谈恋爱了呀!"有的人半信半疑，有的人还撇撇嘴儿。

六子的手机又响了，拿着它的女人吓了一跳。六子一把手夺回来，往人群外站了站，放在耳边嘻嘻哈哈地说了好一阵子。

有人说："六子，谁打的电话? 不会是北村那个女人吧?"六子腼腆又羞涩地笑，却不回答，弄得很神秘。

六子的电话隔几分钟就会响一下，六子接电话时有点不耐烦，说几句就急了眼，冲着电话还骂咧咧的，很威风的样子。

六子背后有个年轻人看着六子接电话的样子捂着嘴嘻嘻地笑出了声。六子回头看了他一眼，那人哈哈大笑，原来是年轻人在戏耍六子，只是震了他的手机铃，并没拨通。六子装气派自己对着手机说得有模有样的。六子看着自己炫耀的把戏被揭穿，有点挂不住脸，一转身撤出人群，甩着步子走远几步，又哼起了得意扬扬的二人转小调。

北村的寡妇真约六子了。用六子自己的话说，是被他感动的。大冬天的早晨，六子照样天天往北村跑。终于在一个大雪纷飞的早晨，那寡居多年的女子像菩萨一样地开了恩，给六子沏了茶，还留他吃晚饭。几杯小酒下肚她对六子说："我儿子刚结婚，手头不宽裕，想做点小买卖需要五六千块，你开着修理的铺子，这点钱对你来说不犯难吧？算我开口向你借，怎么样？"六子嘴油滑，恰到好处地发挥他那三寸不烂之舌的作用说："你的儿子就是我的儿子，自己儿子的事儿，我砸锅卖铁也帮你张罗，放心吧，包我身上了！"一仰脖儿一口烧酒下肚，脸顿时红晕了，话就又多了起来："瞧你，还和我说借，这不是打我六子的脸吗？我六子五十几岁的人了，还没对哪个女人动过心思，大半辈子了，瞧上你了，钱对我又算个啥？虽说我顶着贫困户的名声，可咱不穷，咱就是活得没奔头，没老婆，没孩儿，缺的就是热炕头！"一仰脖儿又是一口热辣辣的烧酒咕咚一下掉到肚子里。

六子醉了，在寡妇的热炕头上醉得一塌糊涂。鹅毛大雪盖地铺天，掩了门，遮了窗。一条暖暖的棉被子落在六子的身上，六子漾上一个酒嗝，溜出一段梦话。夜漆漆的黑，柔和的灯光氲氲着寡妇朦胧的身影，她脱了六子的衣服放在一盆热水里揉出了衣服最初的颜色，搭在火炉旁烘烤，热气腾腾地升起，六子的鼾声灌满了屋子，那寡居的女人把头贴在炕沿上昏昏打盹。漫漫长夜蹂躏了谁的心？总算熬到天亮了，窗外还在飘着雪。

六子嗅着衣服洗衣粉的味道心里美呀！这事儿后来在村里传为经典佳话，版本不一，但不管哪一版本六子都能接受。有人传："女人和六子睡了。"六子就说："是睡了，她是真看上我了！"有人传："和六子睡了？那得几辈子没见过男人呀?"六子就说:"是没睡,但行为感人,衣服都给我脱了,还洗了!"

睡没睡终也无从考证,但有一件事儿是真的,六子给那女人送了一笔对他来说挺大数额的钱。有人问六子:"啥时结婚呀?"六子说:"儿媳妇生孩子,去伺候月子了,回来再说,回来再说!"冬去春来,草绿了又黄,那女人手机换号了,再也没回来。六子整个人颓废了,二人转小调很久很久没人唱了。小村子好像冷清了。

霍林河干涸了,但还有大片大片的芦苇长在河床上,随风跌宕。紫色的炊烟缭绕着破旧的村子,古老而宁静的气息静谧祥和。无限美好的夕阳撇下一抹红,尴尬地投在六子蓝瓦瓦的瓦顶上。很少有人再谈论六子,照常端着白米饭围在自家的圆桌旁,斥自己的老婆,吼自己的孩子。

"钻石王老六"独自咽着凄苦的酒:"钻石恒久远,可惜咱是王老六啊!"

村头那棵柳

一提到柳,人们总会想到弓着腰、耷拉着脑袋的歪脖树。我说的柳不是那样的,它挺直,粗壮,在风雨中不卑不亢。那棵柳就在我们村子的正中央,村子在洼地里,柳在洼地上高高地俯视着,像一个昂首的哨兵,也像他那橄榄绿的身影。

他去当兵的第三年回来探亲,我站在柳树下等他。他着一身整洁合身的军装,从公交车上走下来,背着简单的包裹。我羞涩地看着他,用手指卷着花布衫的一角。他大步走过来，一把拉过我的手。我的脸倏地红了，触电般甩开他。他的眼神凝成一汪水，他说："三年了，你还是那么羞涩，一点也没有变。"我看着他，脸颊一阵灼热。

那晚，我去他家吃饭，饭后，他送我回家。他坐在我家的炕沿上，嗑着我妈炒的瓜子说他舍不得离开部队，所以想等几年再结婚。他问我妈愿不愿意让我等他。我妈笑眉笑眼地说你们的事你们自己做主吧。

他的探亲假是15天。我永远不会忘记，是在他回来的第十个晚上，绕村而过的那条正在发了大水的河，冲垮了堤坝。河水汹涌地泻入村子，个把时辰的工夫，三十几户的小村就被水泡上了。哭爹喊娘的声音在午夜里传来，伴着河水的呜咽，像鬼哭狼嚎。

那夜只有风雨，没有星星，更别提月亮。我听不清风雨中他喊着谁的名字，你往高处跑，带着你身边的人往高处跑！可是村子的地势低，洪水都聚在了那里。一时间，人们无处可逃。往柳树下跑！快往柳树下跑！在湍急的水流里，大家一个拉着一个，听着他的指挥。终于在恐惧中摸索到那柳树下，他把衣服脱下来，系在粗壮的柳树上。为首的人拽着系在树上的衣服，然后大家拉着手围着柳树抱成一圈又一圈。

年纪很小的孩子蹬着他的肩膀，爬上柳树骑在树杈上。

那句话是我说的，我说："怎么缺张叔和他家球蛋？"

他说："坏了！困在屋子里了吧？"他踩着齐腰深的水向张叔家游去。任我怎么叫他也不听。或者根本听不到。

张叔家的土房子塌了。第二天在河的下游漂着张叔，也漂着球蛋。

他不见了。

十九年过去了，他杳无音讯。我常常站在那棵柳下四下张望，幻想着他的身影在我一不留神的时候就出现在我的面前。

那棵柳在那场洪水退去后莫名其妙地死了，干枯的枝丫像老太婆布满血管的手臂，挣扎地舒展着。新来的村长要砍掉它，我抱着柳树死不撒手。我说，这树还会活的，还会活的！他们骂我是疯子。

不，我没疯，因为我分明看到那树的根部冒出一束嫩绿的枝丫。

酒瓶儿

索根他娘进了一趟城，回来之后窗台上多了一大排的酒瓶儿，花花绿绿不说，啥形状的都有，可好看了。

索根他爹爱喝酒，总是对着那些酒瓶儿发呆，说："老伴儿，你说这酒瓶儿这么好看，这里面装的酒？得可好喝了吧？"

索根他娘知道他是馋那酒了，就笑笑说："能好喝到哪里去？其实城里的酒就是这酒瓶儿好看，就是把老白干装进去了，图卖个好价钱。"

索根他爹不信，有事没事还是对着那些酒瓶琢磨来琢磨去。尤其是吃饭的时候，自己把老白干倒了一大碗，一口一口地咂，咂一口瞅一眼那些酒瓶儿。瞅着瞅着就对老伴儿说："你说这东西老贵了吧？这好的东西都被啥人给喝了呢？"

索根他娘把嘴角翘到耳朵丫子："啥人？你儿子那样的人呗！"

索根他爹就美了："我儿子能啊！当局长了，小子，喝这好酒，光看着酒瓶儿就够稀罕人的了。比他爹能！好！"这样说着，自己就把那碗老白干咂得更香了。

邻居二狗看到索根爹窗台上摆了一排酒瓶儿，就问："老索叔，这是我索根兄弟从城里给你拿回来的好酒吧？"

索根爹哆嗦了一下，很不自然地点了点头。

二狗说："索根兄弟官当大了，越来越孝顺了。"

从此后，二狗逢人就说："老索叔顿顿有酒喝，顿顿喝好酒。那酒瓶儿比花瓶儿还好看呢。"一传俩，俩传仨，村里人都知道老索叔顿顿有好酒喝，有人好信儿就去看看，他家窗台上真有一大堆好看的酒瓶儿呢。

村里有几个爷们儿惦记着能尝一口老索叔的好酒，好酒啥滋味呢？

二狗和大伙商量在村里的小卖店买上十根火腿肠，二斤猪头肉，再揣上几个自家的咸鸭蛋，请老索叔吃顿饭。理由只有一个，想尝尝老索叔的好酒。二狗说，大伙儿的要求也不高，老索叔你就揣两瓶好酒，大伙儿一人尝一口就中。

老索叔为难了，对着那些空酒瓶儿一言不发。

索根娘急中生智打发了二狗，对索根爹说："你傻愣着干啥呀？快往酒瓶儿里灌老白干儿啊。"

索根爹拉着一张脸说："这能行吗？"

索根娘说："咋不行？它好酒能好成个啥样子，还不是照样辣嗓子？"

索根爹没办法，只好依了索根娘。

村里的那几个爷们儿在小卖店里围了一个圈，守着二斤猪头肉，眼巴巴地把索根爹盼来了。索根爹颤抖着手捧出两个漂亮的酒瓶儿，青花瓷一样，真美，一杯一杯地给大伙斟满。大伙眼睛放着光，吸溜着鼻子闻那酒香。

二狗第一个把酒端了起来，接着大伙儿都端起杯子，小心翼翼地放在鼻子前闻着，小口小口地品着，咂着。

呷过了，又去瞧那瓶子，都说："好酒！好酒！索根喝过的酒肯定是好酒！"

谁都没醉，索根叔醉了。

索根叔回到家，对着那些酒瓶儿哭了。哭着哭着一挥胳膊，那些酒瓶儿都摔在了地上，碎了。

花花绿绿的，一地狼藉。

过个二月二

灯光下，女人端坐在一张凳子上，一根黑色的皮筋把一头长发挽在脑后。垂落在眼前的一缕青丝遮住了一张若隐若现的脸。男人的裤脚开了线，女人一针一针地缝着。责无旁贷，妻子。

"睡吧，别缝了！"男人把头探出被窝瞅着女人说。

"就好了。"女人依旧手里的动作，头也没抬。

"睡吧，我想搂着你睡，二月二过完了我就得走了。"男人像孩子一样央求着。

"就好了……"

月影晃动着，树梢斑驳在窗子上。男人的鼾声渐起了。在梦吃里不情愿地嘟囔着，一翻身踹掉了满身的被子。女人轻轻地站起来，往上拉了拉被角，盖住了男人红通通的肩膀。

腊月二十七，男人回来的。男人说过了十五就走，女人舍不得，女人蜷在男人的被窝里抱着男人的脖子不撒手。

"过了十五，"女人说，"过了生日再走吧。"男人的生日是正月二十六。

生日到了，男人吃了俩鸡蛋，三碗面条。

"过完生日，"女人看着男人，声音低低地说，"二月二燎猪头，吃了猪头再走。"

男人笑了。

没等到二月二，猪头提前燎了，在二月二的前一天都给男人吃光了。

今天就是二月二。过了今天晚上男人就走了。

女人一件一件地给男人包衣服，装在一个大袋子里，板板整整，忙到深夜。

关了灯，女人想拉开男人的被子钻进去，却只是掖了掖男人的被角。她听着男人的鼾声不忍吵醒他。

过了今晚男人就走了。女人流下一汪眼泪，走就走吧，早点走也好，农民工的活不好找。

我们家的红灯笼

灯笼是五谷丰登的象征，也预示着一年的祥和和美好。

过年了，大红灯笼高高挑在门口，那才叫喜庆，那才年味十足。

记得小时候，每每过年，那些平时过日子很仔细的人家也会在大年三十晚上，或者腊月二十三开始，就早早地把灯笼点亮，一亮亮到二月二。他们这会儿是不会斤斤计较地算计费不费电的，好像算计了一年是专门为了等在过年的时候来浪费的。

我小时候家里的日子过得很艰难，25 元钱一只的大红灯笼母亲总是舍不得买一只。邻居家的院子里一片红火，我们家的院子黑黢黢。父亲笨手笨脚，还是会在穷日子里寻开心，他找来写对子剩下的大红纸，用铁丝围成两个圆圈，把大红纸撑起来，圆不圆、扁不扁的并不好看，却自得其乐地罩在白炽灯外面。不去看那灯笼的样子，光欣赏满院子红彤彤的光影，倒也蛮有情致的。

　　祖母活着的时候，我们倒是很少为挂灯笼的事情发愁。祖母手巧，用高粱秆、小钉子、针线、彩纸等一些不起眼的小物件，扎巴扎巴，缝巴缝巴，精美华贵的灯笼就做成了。大大小小相互簇拥着堆在屋中间，大的高高挂起，小的我们这些孩子就用树枝挑着，点半截蜡烛放在里面，满大街地乱串，互相显摆着。

　　祖母做的灯笼是有主题的，具体想表现什么意义我是不能领会的，好像是为了证明全家人对毛主席他老人家的一片赤胆忠心。虽然那时候毛主席已经去世多年了，但祖母还是忠心耿耿地做着她那具有强烈象征意义的主题灯笼：有五角星形的、心字形的、忠字形的、公字形的，还会剪出美丽的"忠"字、"公"字，或者画上波涛、海浪、东升的旭日什么的粘贴上去。这些习俗一直延续到祖母去世，祖母去世了，我们家再也没人会做那些主题灯笼了。那时我四五岁的样子，父亲开始笨手笨脚地用大红纸罩在白炽灯外面糊弄我们。

　　后来家家户户开始流行挂什么激光灯、电子灯、宫廷灯，形状各异，千姿百态。但我们家始终没有买一只像样的灯笼来挂挂，母亲说几十块钱买来挂那么几天，一闲闲一年，太不值得了。其实母亲不买是有母亲的原因的，那时候，我和弟弟都在读高中，口逻肚攒的母亲一分钱真是掰成八瓣花。那时候弟弟有一句口头禅是："妈，等我挣钱了，咱们家就大红灯笼高高挂！"

如今弟弟真的有钱了，成了村子里远近闻名的养牛大户，乡亲们都开他的玩笑叫他牛老总。牛老总真的牛了，如今过年不仅自家的大瓦房底下挂上了红彤彤的灯笼，连他牛棚的房檐下也被他挂上了灯笼，而且还是一闪一闪的炫彩灯。

农忙假

上小学的时候，最怕"五·一"劳动节放假。那时候并不懂什么节不节的。放假的时候老师并不说是法定假日，而是告诉我们这是"农忙假"，让我们在家里乖乖地帮爸妈干活。

那会儿，这个假日让我怕得要死。不能不承认，我小的时候有点懒，面对没完没了的农活我宁愿得一场大病。

母亲是最盼着这个节日的，往往在临放假几天前就开始追问："今年你们农忙假能放几天？五天还是七天？要是五天玉米就能种完了，要是七天高粱也差不多完工了。"我一听到母亲这样的话，就噘着嘴巴说："我不能七天全都给你干活，我至少要用两天的时间写作业。"母亲就会说："不用你下地，你在家给我喂喂猪鸡，到中午晚上再给我和你爸热口饭就行。"我不乐意做这一切，但我没办法。没办法不仅仅是因为妈妈会责罚我，还有我真的不忍心看到他们倦沓沓归来时满身泥土的样子。

那时候个子很小，刷锅够不到锅底，就踩在小板凳上。不懂厨艺，根本做不出什么可口的饭菜，常常把土豆片切得又厚又大，本来想做炒菜，却胡乱弄到锅里又是炒又是炖。偶尔心血来潮会想给爸妈包顿饺子，不管怎么说，"好吃不如饺子"。干着干着就失去了耐心，把饺子个个包得跟刚生出来的小猫崽儿那么大。放在水里煮不得，就开动脑筋放在帘子上去蒸。

喂猪喂鸡实在是一件让人头疼的事情。你这边为了做饭忙得一塌糊涂，猪在圈里开始拱圈门，发出马上就要饿死近乎绝望却拼死挣扎的叫声。鸡是最不识趣的，屋门一刻也敞开不得，一眨眼的工夫它们就会溜进来，拉了满屋的屎也就算了，说不定什么时候一冲动，就满屋子乱飞，弄得盆朝天碗朝地，让人哭笑不得，发脾气不得。

小学毕业以后，我一直在外地上学，再放农忙假的时候，想早早地跑回家里为爸妈做点什么，开始试着去种地，点种子，一步一步地丈量那一片一片的土地，从这条垄再到那条垄，来来回回地走啊走，在干燥的春风里把脸吹得又糙又黑，却知道了认认真真。听母亲在旁边说"人欺地一时地欺人一年"，庄稼人吃的就是劳苦的饭，要舍得力气才有回报。

大学毕业以后，结婚了。好多好多年没再干过农活了。再放"农忙假"的时候，我和爱人常常去旅游，看了许多山山水水。假期过后回来的时候，总要用电饭煲煮一碗母亲从农村捎来的粘玉米粥刮刮肠油。

玉米粥比起小时候要香，母亲却老了。我想今年我是不会去旅游了，我要回家种玉米，就着这场春雨，借着这个假期。

闲话腊七腊八

翻翻皇历，一看日期，按老话讲进腊月门了。俗话说得好，三九四九棒打不走，腊七腊八冻掉下巴。也就是说，一年当中三九四九是最难熬的，而三九四九当中腊七腊八这两天又是最冷的。

小时候，每逢腊七腊八，母亲总是要做黄米饭，说是黄米饭粘下巴，否则，下巴会被冻掉的。我小时候最怕下巴被冻得掉下来，一吃黄米饭就可劲儿造，拌荤油，或者拌白糖，香甜美味，至今难忘。

祖母活着的时候还要在腊七腊八的晚上去井沿儿上砍冰，用水舀子装回来。一家人围着一个大水舀子，咯嘣咯嘣地啃冰。祖母说，腊七腊八冰是很神奇的，这天吃冰牙齿结实，到老都不活动。

腊七腊八在我们东北还有一个说道儿，就是生在腊七腊八这两天的人命硬，以至于我的外祖母从来都是把本该过在腊月初八的生日改在腊月初六或者腊月初九才过。外祖母常常抱怨自己命不好，因为她恰巧是个无父无母的孤儿。

然而传说中的腊八节是起源于先秦的，被称为"腊日"。这一天除了祭祀先祖和神灵之外，更要祈祷一年的丰收和吉祥。据说还要驱鬼做法，保佑家人一年的平安健康。

如今的腊八节，很少有人再做黄米饭了，更没有孩子抢着去拌白糖或者拌荤油了。拿着钞票去超市一逛，搬回几罐八宝粥，一个腊八节就轻轻松松地给打发了，也再没有孩子像我们小时候那样傻乎乎地真的以为黄米饭可以粘住下巴。

虽然现在的生活条件越来越好了，越来越幸福了，那个年代所拥有的乐趣在如今却也是再也找不到的。

想念村边的霍林河

我出生的小村庄依傍着霍林河的一条支流。看着现在自然环境的日益恶劣，那个二十几年前炊烟袅袅的小村子，依山傍水，让我愈发怀念。

我喜欢看东哥在河里划着小船，去芦苇荡捡鸟蛋，抓鸟雏。那些天真烂漫的孩子酷爱在河水里游泳，而我生性怕水，记得有一次被小伙伴连哄带骗地弄到离岸边很远的水里，我站在水中央，觉得自己随着水流移动，吓得大哭不止。东哥就找来一截圆圆的木头，漂在水上，我骑在那截木头上，东哥把我推到岸边，才算"得救"！回到家里，还被"狠心"的老妈一顿暴打，从此再也没有下过水！

村子的西面是无边的大草原，就连盐碱地里的碱蓬草也长到一米多高，成群的牛羊覆盖在草地上。牛儿悠闲地甩着尾巴吃草，落暮的余晖洒下万丈光芒，投射在霍林河水里，那绚烂的霞光下，上百匹马儿撒野地奔跑在回家的路上……傍晚的彩霞染红了整个村庄，我常常捧着碗儿蹲在窗棂旁看归来的路人。

爸爸新买了一辆白云牌的自行车，在村子里火得不得了，我眼巴巴地盼着爸爸早点回家，我可以坐在那车的后架上，让爸爸带着我转上几圈儿！终于看到了"白云牌"自行车闯入眼帘，我和弟弟疯了一样冲出院子，一把抓住那自行车的后架："爸爸，驮我们！爸爸，驮我们！"一人从车子上愣愣地摔了下来，我和弟弟一看，哈哈，撒腿就跑，光顾看自行车了，人根本不是爸爸……

那个时候，好像从来不必担心老天不会下雨，有一块云朵就会洒下一阵细雨，感觉年年都是风调雨顺。汛期来临时，河水漫过堤坝，溢到村子脚下，人家正好坐落在小小的山冈上，不必担心会被水淹，反而因大水的来到而高兴不已，那水席卷而来的是财富的象征耶！

记不得是哪一刻起，盐碱地上开始寸草不生，河水开始干涸，狂风开始肆虐，白花花的扬沙漫天飞舞（记忆里模糊的影像是从 1996 年开始的），坐落在霍林河旁边的庙宇里人们开始供奉、祈拜，希望老天爷能赏赐一场豪情暴雨！可是老天爷好像再也无心眷顾这个他曾百般宠爱的角落，连一滴眼泪不会施舍给你！龟裂的土地张着大口，像是要将这一切绝情地吞噬。美好的环境和绝美的影像成了脑海里的记忆。人们渴盼雨水能重新灌满那条龟裂的河道，企盼霍林河水能重新漾漾地流过堤坝，然而一切都已来不及。干旱已让人们的心田也随之干涸，粮食在减产，生活在降低。可是我无知又可怜的人们呀，干旱难道除了天灾之外，就没有一点的人祸吗？我们本身对环境的破坏就没有责任吗？雪地里可爱的野鸡、乖兔，只要留下脚印，就是牺牲品，连麻雀也难逃遍地撒药的劫难，我们常常感叹它们存在的美，却从来不珍惜它们的存在！野鸡没了，狐狸没了，大灰狼也只能被想象成狗的样子了。我记忆里的竹筏、翻滚的芦苇荡，都随着霍林河水的消逝而越发残酷在脑海里翻腾，我美好的童年影像也只能在阵阵心酸中重现异彩。

灾难不是突然降临的，不要让悲剧持续上演……我故乡的霍林河呀！

第四辑　爱人·朋友

遗落在红城里的一把伞

7月是个多雨的季节，雨中的小小山城乌兰浩特市烟雨蒙蒙。第一次来这个城市，只为一睹一代天骄成吉思汗的风采，才在爱人的相伴下慕名而来。

其实对我来说，游任何名胜古迹，名山大川都不及有爱人陪伴的旅行更令人惬意，所有的旅行于我来说更着意于守护身边的那个人。

爱人很解风情。

真正的旅行从火车启动那一刻开始了。一路上细雨霏霏，坐在车厢里吃着爱人买的零食，偶尔瞄一下窗外被淋湿的街景或旷野，心被幸福塞得满满的。尽管这是我生命中一段很短暂、很不遥远、很不奢华的旅程，但因为有爱人的相伴，在仅仅四个小时的车程里，我被突然涌动上心头的温暖感动了无数次。

如果时间会很快就流逝掉，如果幸福的时刻格外匆匆，就让我们珍惜在一起的每一分每一秒吧。（爱人很忙，这样只属于我们的共处时间很少。）

列车驶进乌兰浩特小站的时候，雨突然加劲儿了，带着热烈欢迎的气势，磅礴而泻。爱人的兴致很高，竟然在列车停稳的一瞬间拉着我从车厢上一步跳进雨里，他说："好久好久、大约有十年的光景不曾这样淋过雨，好想就这样牵着你的手一直走到成吉思汗庙去。"

"好啊！"我扬起沾满雨水的脸兴奋地响应着他。

"那可不行。我们必须买一把伞，你这三天两头就病恹恹的身体是禁不住这样猛势的大雨的摧残的。"爱人抓住我的手臂在雨中飞快地奔跑着，跑进站前的超市里。他精心为我挑选了一把湖蓝色、镶着米黄色碎花花边儿的雨伞。

雨中，撑开它，它的下面是一方小小的晴空。

伞下，孤陋寡闻的我喋喋不休地问这问那，爱人一改昔日的沉默寡言，变得上知天文，下知地理，开着玩笑冲我说："哥已游走江湖很多年！哪里还有不知晓这小小乌兰城的道理？乌兰浩特，在蒙语里就是红色的城，就像呼和浩特是青色的城，查干哈特是白色的城一样。"

"哈，我们从白色的城转眼间竟然跑到了红色的城，有机会你要带我去看青色的城哦！"我们这样说笑着，在雨中牵着手慢慢地走。反正是玩，所以走在雨中也不必那么急。

我以为成吉思汗庙离乌兰浩特市会很远，爱人却说："如果你不觉得累，我们可以步行。在我们现在所处的位置向北一拐，穿过三条街，就可到达。"旅游旅游嘛，还不就是为了看风景，把自己关到车里飕飕地跑还有什么意思？

雨中的风景是心情愉悦的最好调剂品。步行就步行！

乌兰浩特市坐落在大兴安岭的东麓，是东北平原的西部边缘。这里是平原和丘陵的过渡地带，因此乌兰浩特市三面环山，一边傍水，四周布满了苍松翠柏，洮儿河像一条玉带缠绕在它的脚下。小城地势北高南低，所以去往成吉思汗庙的路上，雨水汩汩地从北山上流淌下来，向市中心拥挤着，我和爱人牵手并肩逆流北上。

成吉思汗庙就坐落在乌兰浩特市北边的罕山公园里，在高约三百多米的小小罕山之巅。祠庙坐北朝南，行在路上的我们远远就望见了它。这座融汉、蒙、藏三个民族建筑风格于一体的庙宇，呈"山"字形，很雄伟、很壮观。

一到公园的正门口，雄姿威武的成吉思汗骑着高大的铜塑骏马的雕像最先闯入视线，举目仰望，仿佛屹立在灰蒙蒙的云端里一般，给人以一种庄严肃穆之感，敬畏之情陡然而生。脑海里瞬间勾勒出一个大约八九百年前粗犷的、豪放的、坚强的、刚毅的，大口大口喝酒，大把大把抓肉的既高傲又谦恭的男人：他真诚而又狡狯，仁慈而又残忍，凶狂而又谨慎，大度而又偏狭。这些相反相成的词汇集中在这样一个怀揣着想征服世界的梦想的"草原角斗士"身上，才使他在历史的舞台上站稳了脚跟，屹立在世界的东方，成了名不虚传的东方不败！

雨就在我们伫立在雕像前那一刻不那么稠密了，我收起伞和爱人打趣说："你要对着成吉思汗许一个诺言，就说这辈子只爱我一个人。"爱人听了煞有介事地说："好！只爱你一个人！"然后双手合十，闭着眼睛，在高大庄严的成吉思汗面前微微颔首，口中默默念着什么。零星的雨滴散落在他的肩膀上，面庞上，把头发染成一缕一缕的，使他整个人在雨滴中渐渐水润起来。看着湿漉漉闭目许愿的他，这一刻，那张被岁月揉皱了的脸上露出了孩童般的天真和可爱，我的心实实在在地被温暖了、踏实了。至于爱，会不会真的持久到一辈子，两辈子，三辈子，突然让我觉得不那么重要了，这一刻的相守，是今生最美的享受，又何必想用一句许诺套牢住什么呢，又何必把爱转嫁成重担让他去肩负呢？成吉思汗一辈子戎马生涯，南征北战，建立了强大的蒙古帝国，被无数后人尊称为"战神"和"人类帝王"，可最后还不是江山分裂？江山尚不能世代永固，而我们——我和爱人区区凡夫俗子又何必给一个"爱"字赋予"千秋万代"般沉重的负担呢？还是静下心来好好沐浴这雨，好好畅游欣赏这先祖为我们用鲜血和灵魂一起护佑的大好河山吧。

雨稠一会儿，停一会儿，停一会儿，又稠一会儿。

重又把伞举过头顶时，爱人把伞轻轻向我这边移靠过来，我看见他右边的肩膀湿了。男人的胸怀总不是在伞下的，男人的肩膀必定是要经历风吹雨打的。这伞是他给我的一片天空。爱人遮在伞下左边的肩膀干爽着，让疲惫的我随时可以靠上去。就像他的心一半在为我们的幸福打拼，一半在支撑我们的幸福。

逆着水流拾阶而上，为了躲避雨继续打湿他的肩膀，在去往正殿的台阶中途我们停了下来，拐进了成吉思汗的箴言长廊里。长廊里竖立几十块刻有成吉思汗箴言的大理石石碑，碑文上雕着蒙语，旁边有汉文对照，书法字体或龙飞凤舞或端庄秀丽，刚柔相济。长廊里成吉思汗留下的箴言很多，一一读过，记下的却没有几个："读书的糊涂人，必定超过生来的聪明人。""知己之弊病，问他人而知之。辨治国的失误，向贤者而学之。"……印象里他说关于喝酒的箴言颇多，可惜一条都没记住，大意都是喝酒误事，不利国，不利家，害人害己之类的。

在长廊里待了很久很久，来来回回在碑文面前折返，一是不舍离去，二是长廊外面的雨还没收敛它的气势。渐渐地，天色将晚，爱人等不及了。他想在晚饭之前登上正殿。于是我们再一次撑开湖蓝色的米黄碎花雨伞冲进雨中。

雨让这一次的旅程多了一道风景。雨水从共有 81 级的花岗岩台阶上一级一级地滚下来，钻进我们的鞋子里，调皮地冰冷我们的脚丫。成吉思汗说过："人生最大的乐事是战胜和杀尽敌人，夺取他们所有的一切，乘其骏马，纳其妻妾。"他的人生理想和最大快乐只有两个字：征服。而聚在伞下的我们又何尝没有征服的欲望呢？我们要征服这雨给这次旅行带来的困扰；我们要征服褪去华丽伪装之后岁月残留下来的小小磨难；我们要征服一年四季聚少离多所带给我们的思念；我们要征服这踏在脚下、浸在水里、去往正殿的 81 级台阶……

81 级台阶被我们冰凉的脚丫征服了，高达 28 米的正殿近在咫尺了，东西两侧为偏殿，高 16.62 米。正殿和偏殿共有九个尖顶。用绿色琉璃镶制，正殿圆顶中央悬挂蓝色长方形匾额，上用蒙汉两种文字书写"成吉思汗庙"。庙殿建筑面积 822 平方米。正殿有 16 根直径 0.68 米的大红漆明柱，大殿正中的大理石台基上坐落着高 2.8 米、重 2.6 吨的成吉思汗全身铸铜坐像，两旁陈列元代兵器。东西偏殿陈列元代服饰、书简、器皿。三座大殿天花板绘有蒙古古代图案，大殿和走廊墙壁有成吉思汗箴言字画与当代画家思沁绘制的大型壁画。

阴天的缘故，在正殿里逛了一圈再出来的时候，傍晚提前到来了。正殿里亮起了灯盏，我和爱人在灯光的照耀下从正殿里走出来，站在垂着雨帘的正殿门口，居高临下放眼望去，乌兰浩特——一座红色的城尽收眼底。山峦起伏，苍松翠柏绿意莽莽，升腾的雨雾氤氲在小城的上空，让这座红城变得神秘、高雅，一股子牵牵绊绊的思绪从灵魂深处飞将出去，出生在蒙古乞颜部落贵族世家的一代伟人，在公元 1206 年，也就是他 44 岁那年，建国称帝，只凭弯弓和长矛就统一了蒙古高原各部落。在位 21 年，"戎马倥偬、征战终身"，"一代天骄"受之无愧！

离开的时候，雨彻彻底底地停了，收了伞，结束了一天的旅程。

肚子比心情要好打发得多。所以和爱人的晚餐很简单，二两小酒，一碟小菜，每人一碗白米饭。吃饭时，我把那把伞很小心、很仔细地挂在了桌子的一角处。用爱人的话说："这段旅程有这把伞的陪伴，我们不是两个人，而是三个人，这伞见证了我们曾到这里来过。"

酒足饭饱，因为爱人临时接到外地出差的任务，就着悄悄穿破云层的月光，我们踏上归途。

列车行驶在回程的轨道上，我偎着爱人左侧的肩膀若无其事地望着黑黢黢的窗外时，爱人轻轻地碰了碰我的手臂问："伞呢？"我怔怔地望着他，片刻泪水就涌了下来。

那把伞应该还挂在红城的那家餐馆的桌角处。还会挂在那个桌角处吗？

泪水湿透了他左肩的衣衫，我听见他说："落下也好，我们不能在活生生的日子里天天面对回忆，因为我们注定要从不管有多美的回忆里走出来面对活生生的现实！"

可是，我不那么认为，我觉得是红城要给我留下牵挂，我要给红城留下思念。这一切是注定的。

婚姻

他仿佛失踪了。十几天了，我没有他的消息，倔强的我几次摸起电话想打给他，可每次把电话号码翻出来的时候，总是差那么一点，我没有勇气拨出去。因为每次要点接通键的时候，总会在耳边响起他的那句话，那是我第一次和他见面的时候，他对我说的一句话，至今不能忘，也许永远也不能忘。

那句话是："不要轻易打我的电话，也不要没事就发短信给我。你要知道，不管我们见不见面，能否听到对方的声音，我的心都是想着你的。"

我知道这是一句骗人的鬼话，但我还是遵守了，因为我喜欢他！这是千真万确的！

天黑之前，他的名字终于在我的手机上闪动了起来，我没接，好像对于他这十几天的失踪因为我的没有资格去过问而使我失去了再与他对话的勇气。我按了拒接，甚至想到了到此为止。

是的，我找不到继续下去的理由，因为一个男人不该平白无故对一个自己曾说过爱的女人突然就没了影踪，而且一没就没了十几天。这只能说明我在他心里根本就不算什么，不知道我在惦记他、思念他。

夜了。楼上的男人和女人打架，几秒钟的工夫，男人的祖孙三代全都从女人的嘴里蹦出来了。男人想理论，女人的嘴却像传送带，把男人家的老老少少从阴间输送到阳间，再从人间送到地府。男人终于忍无可忍了，想要夺门而逃，女人拉住他："你又想去找你的小奶奶吗！你要是敢走出这个门，我就把这个家给你烧了！"男人推开她，咣的一声，她砸在地板上，号啕大哭起来，男人的祖孙三代又开始从她的嘴里往出蹦了。男人吼着："你骂，你再骂我撕开你的嘴！"女人不管，自顾骂着，嗓音渐渐干涩起来，听起来仿佛要裂开了，仿佛会有血丝溢出来，但是她"不屈不挠"，"负隅顽抗"。

我躺在被窝里不敢动，我问睡在我身旁的男人，我说："她想干什么？"

睡在我身旁的男人说："她想留住那个男人。"

我说："这种方法管用吗？"

睡在我身旁的男人打了一个哈欠说："答案马上会揭晓！"楼上的谩骂声还在持续，还伴随着噼里啪啦的破碎声。我说："这回八成把家都砸烂了，不用过了！"说这话时，我想楼上的那个男人一定会在下一秒钟摔门而去，从此离开这个家。我挺希望他走的！

可能是楼上能搬得动的东西都砸完了吧，可能是那女人的嗓子再也骂不出一句脏话了吧，楼上突然就悄无声息了。

睡在我身旁的男人往被窝里一缩，说："睡觉吧。"

我说："不能睡，一会儿再骂怎么办？再砸怎么办？叮叮咣咣的还得吵醒！"

睡在我身旁的男人说："不会了，战争结束了。"接着他闭上了眼睛，不一会儿就睡了，我又听了很久，楼上一直很安静。

我有点失望，想着他，彻夜没睡。

翌日，清晨，我看见那女人红肿着眼睛上了昨晚她痛骂又痛打她的那个男人的车。他们看见了注视着他们的我，竟然还挤出了一抹很像样的微笑。

望着他们，好像昨晚吵架的是我，骂人的也是我，我带着说不出的尴尬，望着那个睡在我身旁十几年的男人。他走过来，面无表情，对我说："这就是婚姻！"

手机里的秘密

同事安白和小米去喝咖啡。

安白给小米讲了一个笑话：一个已婚男人有一个情人，为了不被老婆发现，他就把情人的手机号存为 10086。情人给他发短信，老婆要是看到了若问，他就很坦然地说，又是 10086。老婆粗心大意总是笑笑说，移动公司可真逗，总发这么肉麻的短信。

令安白没想到的是，笑话刚讲完她看见小米哭了。安白看着小米问道："你怎么哭了？"

小米讲了一个故事，是她自己的故事。

两年前小米不顾一切地爱上了一个男人，把她认为自己能够给他的一切都给了他，她的肉体和灵魂全部依附着他。她的梦里，白天和黑夜都被他满满地占据。

小米说她希望她可以跪在苍天下，对上天祈求让她嫁给他，做他的妻子，可以照顾他的冷暖饥寒，关心他的悲欢喜乐。

小米说她愿意守在一个哪怕狭小的屋子里，只要能嗅到他的味道，她愿意独守一份空寂，24 小时全部都用来等他，她也不在意。

小米说："我多希望，我能和他在属于我们的巢里永远地相爱，相爱到永远！"

然而，永远有多远？

那是一个多雨的季节，那个傍晚被淅沥的小雨搅扰得心神不宁。黄昏，带着几分羞涩的晦暗，把最后一丝明亮掩盖得阴郁深沉。小米走在蒙雾一样的雨里，穿过长长的雨巷去看他，小米看到他的窗子透出了灯光，温暖的灯光，让小米的心倏地热乎起来。她想到了他宽阔的胸膛，想到了他浓密的胡茬子，还有那双深邃的眼睛。他的一切是那么让她着迷，让她忘我……

小米把一个湿漉漉的自己塞到他暖暖的怀抱里。他吻了她。小米拥着他的脖子，任由他轻柔的手指触摸她冰凉的身体。那一刻除了渴望，小米说她别无所求。

小米讲到这里的时候冲安白笑了笑，笑得有点拘谨，有点尴尬。她问安白："我是不是很卑贱？"安白没有回答，安白多多少少能猜到这个故事的结局应该并不圆满。安白手捧着咖啡的杯子小心地问了一句："他很爱你吧？"

"我不知道。"小米说。

"那你爱他什么？又凭什么死心塌地地爱他？"安白不解地追问小米。

"我不知道，我只知道不管他怎么样，我就是爱他。哪怕我死了，在坟墓里，只要他的一声召唤，我都会生出力量爬起来！"这是小米对安白的回答。

那天的雨下得优柔寡断，让看上去的美好和浪漫背后暗藏了一种冥冥的危机。

他的手机响了，就在他们彼此缠绵的时候，打乱了两个人粗拙的喘息。小米瞭了一眼手机，又看见他愣了一下的表情。他握着电话屏住了呼吸。良久……电话里的一曲终了，他没有接。是女人的直觉让小米问了一句："谁的电话？"面对小米，他的眼神开始游离。

神情恍惚的他突然语无伦次地答了一句："啊？不知道呢。"

小米固执地说："来电显上明明写着名字，你怎么会不知道？"

他无处躲闪，倒也坦白地告诉了小米，是董雅的电话。

小米突然愣住了，因为电话响起的那一刻，她分明看到来电显上显示"东亚"……

小米没再说一句话，眼泪一串一串地淌下来……董雅，"东亚"……

小米流着眼泪想到了曾经听到过的关于他和董雅的种种传说……

安白握着冰凉的咖啡问小米："后来呢？"

后来……

小米说，爱情是价值连城的白瓷瓶，因为太珍贵，所以不敢碰，所以不能蒙上岁月的垢。一旦脏了，连擦拭的勇气也没有。

小米告诉自己离开他。不管他和董雅是怎么样的关系，也不管为什么董雅变成了"东亚"，还需要他解释什么呢？一个男人把一个女人的名字故意用两个谐音字存成男人的名字，还用得着解释吗？凡是不能以真面目示人的东西，里面必定有不可告人的秘密。

小米说，她也想就像什么也没看到那样继续好好爱他，依然渴望着做他的妻子，可是再和他在一起的时候，她的脑子里出现的不是董雅这个女人，而是"东亚"这两个字！这两个字像个鬼魅的影子，也像个无法愈合的疤，让她总想问问自己，一个人到底可以多大度，能够允许自己爱的人心里还装着一个"她"。

小米说离开的时候很干脆。没有吵闹，没有歇斯底里地咆哮，因为还爱着他，只是再也不想让他知道自己有多爱他！

爱情防盗扣

梅子呼哧带喘跑进来时，我正在吃饭。她跨进门劈头盖脸地砸过来一句："妈，我爸就在梁婶家床上歪着，你还有心思吃？"我正夹菜的手一抖，几叶油菜落在了桌子上。梅子说："妈，你去把我爸拖回来！"我没动，把菜叶重新夹起来送到嘴里，嚼着。梅子一跺脚，含着泪花摔门而去。

夜沉了。梅子她爸回来了，后面跟着梅子。我问："吃了吗？"梅子白了我一眼："你除了吃还能不能想点别的？"我笑了，看着梅子她爸。她爸一愣，继而底气十足地说："吃了，四个菜。"我说："她梁婶那人真好！"真的真好！她爸就愣眉愣眼地看着我。我笑着，铺好一床被子说："洗洗睡吧。"

梅子在哭，梅子说："妈，你怎么这么窝囊？"我吻梅子的额头，摸她的长头发，关了灯。

夜更沉了，我听到梅子和他爸的鼾声，推门走了出去。她梁婶家的灯灭着。我轻轻地叩响门，怕吓到屋里那个单身的女人。屋里怯懦地问了一句："谁啊？"我说："梁嫂，我是彩菊。"灯亮了，门开了。借着灯光看到梁嫂的脸子有那么几分不自然。

"这么晚来？有事儿？"

"嗯！替梅子向你道歉，梅子今天来你这儿喊她爸又嚷嚷你了吧？她还是孩子，你别记恨她！"

梁嫂的脸唰就红了，一言不发。

"梁嫂，我今天来是有事求你的，你是好女人，喜欢梅子她爸，你们两情相悦，我看着高兴！"梁嫂的眼睛顿时就圆了，她颤颤地叫了一声："彩菊……"我挥手，示意她听我说。"梁嫂，如果不是看着你人好，今天这话就是憋到死我也不会和你说的。"我从衣兜里掏出了一张我揣了多日的纸，递到梁嫂的眼前。梁嫂看着纸上的字，脸一点一点变成了土灰色。我说："梁嫂，看清楚了吧，这就是我成全你们的原因，我唯一的要求就是你要对梅子好。"我说完一只手捂着嘴巴哭着钻进夜色里。

梅子和她爸还在睡。我收拾好自己的衣物，装在一个旅行箱里。把那张刚刚给梁嫂看过的纸夹在一叠红色的钞票里，丢在梅子她爸的枕边。我看着梅子她爸的脸，那张英俊的我拥有了14年的脸，我不舍得轻易放下。他侧翻了一下身子，我百般不舍地拎起旅行箱走出了家门，走在茫茫夜色里。

躲在车站的一个座椅里，眼见天边泛白。这会儿梅子她爸该醒了，醒了该会看到那叠醒目的红票子，乐滋滋地抓起钞票看到里面夹着一张纸，然后惊愕地发现我已经不见了，接着会是怎样的心情呢？我捏着一张车票，眼睛盯着车站门口的位置。

天微微亮，一个熟悉的身影扑进车站。我遂站起身来，混在长长的检票队伍里，低着头缓缓地移动脚步。他从后面喘着粗气跑过来，从人群中拽出我，紧紧地抱在怀里："怎么不早点告诉我？一切都来得及，我们回去！"我摇着头，泪水禁不住地流了出来。我说："以后和梁嫂好好过日子吧，要对梅子好！"他哭了："别胡说，我谁也不要，就要你好好的。"他拖着旅行箱拥着我的肩走出车站。我把那张车票攥在手心里揉成团丢在身后。

我给医生打了一个电话，预约第二天去查身体。

是梅子她爸陪我去的。一切检查完毕，梅子她爸把那天我夹在钞票里丢在他枕边的那张纸摊在医生面前。医生说："是的，肝癌，最多活半年，超过这个期限就是爱的奇迹。"梅子她爸哭了。

梅子她爸对我越来越好，每每去复查，医生都说，要出现奇迹。

许多年过去以后，我依然活着，挽着梅子她爸的手臂我们散步在海边。我告诉他我撒了谎，是为了这个家。梅子她爸看了我好久。"我早就知道了。"他说。

伴儿

我喜欢养一些花花草草，却从来侍弄不好它们。总是莫名其妙就死了或者枯黄了，也不长大，就那么含在那里，一副不急不躁的样子。

第一次见到张太的人，无论如何也想不到她会养出那么娇艳的花。她黑黑的一张脸满是老年斑，背弓着。一张口你不侧耳听，无法知道她在说什么。她有点大舌头。

她是临街老李的保姆，从 15 年前一直到现在，伺候着老李。很久以前，总能隔着一条街看到老李在院子当中支上一张桌子，摆上棋盘，散步的老人三三两两围上来，他们一玩就是一个上午或是一整天。

现在，再望过那条街，那院子清冷了许多。老李病得很严重，下不了床，尤不能提象棋，一提起象棋，老李就会走火入魔，一个人躺在床上飞象跳马拱小卒，叨咕起来没完没了。张太附和他："你赢了，将死我了，行了你赢了，你已经将死我了。"老李常常在听到张太这样说完后，乖乖地躺在枕头上，带着满足的笑睡去。

老李睡了，张太就把窗台上的花一盆一盆搬出来，摆在房门两旁，一点一点地浇水，一片一片地擦拭叶子。我总能站在玻璃窗前看见她对着一盆花待上良久。

她的花格外的艳，总想向她取点经。一个下午，她正在院子对着那些花安静地坐着，我推开了她的小铁门。

是我开门的声音太大惊醒了睡着的老李，我听见屋子里传来哭声："别走！别走！"

张太陡然一站："我在呢，在呢。"我尾随她进了那间小屋子。她爬上炕角，摸起一块毛巾沾去老李的眼泪，把他重卧在枕头里。老李又睡了，她坐在他的枕边抓起小蒲扇，悠悠地给他扇着风。"取经？哪有什么秘籍哟！只要你有爱心。对花也好，对人也好要有爱心。"她轻轻地扇着风，漫不经心地说着。

这房子要拆了。她看起来有点语无伦次，刚刚还在说花，这会儿又说房子。"拆了我就得走了。"

"去哪？我听出她的话里有一丝凄凉。"

"我一生无儿无女我能去哪呢？"她陷入一种茫然。

"那老李呢？"我问。

"房子一拆，他的儿子就接走他了。我这个保姆就干到头了，也要找个地方养老了……"她手中扇动的扇子慢慢地停了。

15 年，是有感情的，分开了会想念吧？我扫了一眼炕上，看见张太的行李挨着老李的铺盖挤在一张狭小的炕上。

"不想！想人家干什么？不想！"张太仰起脸看着屋顶笑了，嘴角轻轻一翘。

"我想！别走！老李又醒了。"又哭了。翻动着身子。

……

临街的房子到底是拆了。

那天，我站在窗前看到老李被他的儿子接走了。张太拎着浇花的喷壶进进出出，一遍一遍地浇花，从早晨一直到中午。

她看见我时朝我挥挥手，我走过去，站在她的大门口听她说："都送给你吧，我也要走了！"

去哪？我感觉心口有点堵，闷得难受。

搬走吧！她扬了扬手，转身进了屋子。

……

张太送我的花开在我的阳台上，我学着她的样子侍弄着它们，她说过，要有爱心。花开得很好。

只是对着花我总会想，张太是不是正坐在某扇门旁，安安静静地看着一盆花，满脑子全是老李。

剃须刀

迄今为止，梅子买过两次剃须刀。

梅子喜欢胡子。男人的下巴上青青的一片，像冒出的笋尖，梅子幻想着摸上去，痒痒地刺着手心。

第一次给爱人买剃须刀的时候，他们才刚刚恋爱。恋人从一个城市赶到另一个城市去看梅子。那是个早春，上午还是蒙蒙细雨，晚上却飘起了雪。梅子赶到车站去接他，他敞开大衣把梅子裹进去。抬眼看他的时候，脸颊就触到了他的胡子。那些小笋尖已然冒出了两三天，毫不客气地扎疼梅子柔软的肌肤。梅子知道那是他乘了两天火车的结果。

那个雨夹雪的天气里，梅子想送他一把电动剃须刀的想法，还源于梅子的一点私心——他每天刮胡子的时候，用梅子买的剃须刀就像看到梅子一样。

记忆里，那把剃须刀是红色的，上面还粘着一块镜片。他很喜欢，尽管梅子只花了八元钱。

那把剃须刀他一直用了五年。

五年后，它被他们的儿子摔掉了上面的镜片，变得很难看，也停止转动了。他很心疼，小心翼翼地放在抽屉里。梅子几次要扔掉它，爱人都执意在抽屉里留一个角落给它。

搬新家的时候，梅子背着爱人把它送给了垃圾桶。爱人很惋惜地对梅子说："那是你送我的第一件礼物。"

多年后梅子却背叛了爱人，爱上了另一个男人，义无反顾。又逢那样的早春，依然飘着雨，偶尔舞动成雪花。那个男人在电话里说来看梅子，梅子想送一件礼物给他，梅子突然想送剃须刀，因为她觉得剃须刀就像自己的手，可以每天摸着男人的下巴，爱抚着他，会让他想起她。

梅子在风雨交加的时候匆匆跑下楼去，一连跑了三家超市，花了208元才买到满意的一款。急着往回赶的时候，梅子一跤摔在了雪水里，透骨的冰冷瞬间钻进毛衣的缝隙，在皮肤上疯狂地触摸着，像一把游离的匕首。手掌被沙粒划开一道口子，渗出几滴鲜血。还好，剃须刀外面包着包装盒，包装盒外面套着购物袋，完好无损。

情人的电话在梅子还没有爬起来的时候打过来，去不了了，老婆约了客人。梅子说："我一直在等你。"电话里说："别发神经了，老婆都发话了我还有什么心情。"梅子流下眼泪，把那把剃须刀装进自己的包里。

爱人无意中从梅子的包里看到了那把剃须刀，他惊异地尖叫起来，高兴得像个孩子一样，他说："剃须刀就像老婆。用老婆买的剃须刀，无论身在何处，都能感受到老婆的体贴！"

剃须刀像老婆，情人也说过这样的话。大滴的眼泪从梅子的脸颊落到地上，发出碎裂的声响。

我的爱像天使守护你

病中记录一

去年的 7 月份，我得了一场病，加之低血压、贫血导致整个人轻飘飘的，每天只想着睡觉，想 24 小时赖在床上不愿起来。

老公每天下班回来，总是劝我出去走走，我不去，他就把我从床上拉起来，夹上一个小垫子，说走累了就让我坐在路边的台阶上歇一会儿。

他像牵着小孩一样牵着我的手，沿着家门口的路向南拐向有着一坛一坛粉色花朵的地方。他说，那里安静，还有鲜花陪伴，心情会好些。我累了，他又牵着我折返回来，在一处静且净的台阶上，铺上垫子，让我靠着他的肩膀，坐下来。

我和老公结婚十年了，平时我们两个逛街，他也总拉着我的手，让我走在他的左边。我有时会调侃他："都老夫老妻啦，还拉着手逛街，不怕人笑话？"他总是一本正经地说："笑话咋办？你那么让人不放心，总是一副不着调的样子。这辈子算是栽到你手里了。"

由于我的身体不好，我们的家务、孩子也大部分都是他在料理，我这么一病，他就更是整日不得空闲了：一日三餐，接送孩子，洗衣服，还要在工作的空闲里给我熬药，熬参鸡汤。他把很多应酬都推掉了，怕我孤单。

每晚我倚在床头打吊瓶，老公一边熬参鸡汤一边陪我聊天。有时顺手抓来一本书给我读。他知道我喜欢三毛，有一次就拿来贾平凹的散文集说："我给你读《哭三毛》。"接着又读《再哭三毛》。他读着读着，我就哭了。他抹去我眼角的泪水，笑我是多愁善感的人，跑去厨房看汤，又回到床边，抓起贾平凹的书，还要读与我听。我摇摇头，示意他不要念了，他就静静地坐在我的一边，一手抓着书，一手按在我的手上，字字入神地沉浸到书里去了。

　　我看着他——眼前的这个人——这个准备耗尽生命的所有来陪护我一生的人，从相爱到结婚，为我读过无数次书，不同种类的书，雅的，俗的，我们都一起分享过。看着老公的身影在厨房和卧室间穿梭，我又心疼又着急。他的脸色熬得晦暗了，却还为我挂着疲惫的笑容。而我什么时候才能好起来呢？老公总能洞穿我的心思："好好养病，什么也别想，伺候你不是问题，钱也不是问题，苦和累都不是问题，要是有什么力量让我们一家三口分开了那才是大问题！"

　　其实老公和我谈恋爱的时候，就知道我的身体不是太健壮，我喜欢静，喜欢独处，也很少做剧烈的运动，包括大笑的时候都很少。老公曾说过："那时候看着你，就像一个每天都趴在窗台上等着看星星的可怜巴巴的小孩，总会让我想起一首歌《天使的翅膀》，就想知道你那么安静每天都在想些什么呢？有一种想保护你的欲望。"

　　我们一起走过了十年的时光，日子在某一天骤然风起浪涌，又在某一天骤然平淡宁静。我们争吵过，又和好了。再争吵过，再和好了，甚至其中某一个人离家出走了，最后又因无家可归而回来了。但是在彼此最需要的时候，终究是他守着我，或是我守着他。

　　就像天使一样彼此护佑着！

病中记录二

晚饭过后，出去稍走了一会儿。老公带了一个小垫子，说走累了，就让我坐在路边的台阶上小歇一会儿。

我们沿着家门口的路一直向西走，走了 200 米就向南拐去，一直往南走，沿着一坛一坛的粉色花朵，走了似乎很远很远。我累了，折返回来，在一处干净的台阶上，老公铺上垫子，我挨着他的肩膀，坐了下来。

因为昨晚刚刚和朋友聚会过，我和老公的话题就是谈论聚会中的朋友，说他们中每个人的性格如何、脾气怎样，还胡诌八扯了每个人的命运和前途。也许说得太多，也许和朋友在一起的那份欢愉还没散尽，太过兴奋的缘故，我终于把自己折腾累了，累得呼吸刹那就不畅快了。我把头歪在老公的肩膀上，闭着眼睛，那一刻我们两个都沉默着，任凭街上来来往往的车辆呼啸而过，三三两两的情侣牵手相依。我说不清自己为什么总是觉得心里有一丝酸楚，闷闷地横亘在胸口，让我觉得我在满是委屈的世界里绝望地渴盼着破灭的希望能够重生。

盲道上飘来一个女子，露着两条颀长的大腿从我身边闪过，在这个早秋阴郁的夜晚，这身打扮我顿感心头一冷，打了一个激灵，想到了家的温暖，想回家了，就攥着老公的手，彼此相牵着，回到那个让心灵和肉体都能安居的地方。"70 岁有个家，80 岁有个妈，彼此相扶相携还要有个他 (她)。"我跟在老公的身后含糊不清地念叨着，他保准没听清的，也没回头看我，就那么拽着我，走在昏暗的路灯下……

换上睡衣，斜斜地靠在沙发上，茶几上有一本朋友带来的杂志《家庭》。那里有他发表的一篇文章，捧过来读，见文章我以前读过，但已被他又修改过了，觉得他把自己一生中饱满的真情都倾注在家庭里了，我在回味里竟然不觉就睡去了。我感觉到老公轻轻走过来，发出一声细微的叹息，而后将一件衣服盖在了我的身上。我睡得不是太实，缓缓地醒来，知道他是叹我的病呢，带着几分心疼，也夹着几分幽怨。他走了，我撩起蒙在脸上的长发，感觉我枕在头下的右臂大片大片地潮湿着，抹抹眼角，原来，在睡着那一刻看似我无意识也无梦的安详里，我痛快淋漓地哭过了！

我为什么哭了呢？我揩去眼角的泪痕，把身子平放在沙发上，让自己的身体尽量舒适起来。我问自己，怎么就哭了呢？我不知道为什么，我给出的答案竟然是因为我想起了三毛，我真的是想起了三毛啊。

几个小时前，就在晚饭前的时候，我倚在床上打吊瓶，老公刚刚给我读过关于贾平凹写三毛的文章。贾平凹在自己的文章里一遍一遍地追问："三毛，到底是什么原因而死的呢？"老公读完也说，到底是什么原因而死的呢？我给了老公一个答案，我不知道这个答案是不是正确，但我确是这样说的。我说，我读三毛的书，她在很多文章里多次提到，她常常想自杀，想结束自己的生命，就像贾平凹在文中质疑的那句："是一时的感情所致吗？"去掉"吗"就是三毛的死因。我偶然觉得我在某一刻和这个深奥的女性做了灵魂的交流，甚至大言不惭地想说，我走进了她的心里，突然看穿了她所有的孤独，那给了再多的辉煌都无法摆脱的与生俱来的寂寞。我能懂她，是因为我觉得某一刻，我毫无刻意，却彻头彻尾地重复了她，像极了她。我甚至会想，我会不会也重复她的人生，除了她拥有的成就之外。

老公说我有了三毛那般的孤寂不好，把吊瓶管子插到另一个瓶子里转身去了厨房为我熬参鸡汤。我不知怎么了，就在他这一转身间，我就开始了想念，我又想起了三毛在一篇《白手起家》的文章中写道："有时候荷西赶夜间交通车回工地，我等他将门咔嗒一声带上时，就没有理性地流下泪来，我冲上天台去看，还看得见他的身影，我就又冲下来出去追他。"三毛在那一刻觉得自己不应该，而我在这一刻则觉得我是太不应该。老公和我并没有像三毛与荷西在撒哈拉大沙漠里那般的分分合合地折腾，可我却的的确确感受到了那般的孤单。

老公在厨房里忙活了一会儿，又回到床边，我看着他的样子，眼前的他，让我从十年前回想起来，多少有些老了，那时候彼此是那么年轻。而年轻的时候又总是有那么多的可以忘记不快乐的理由。那时候谁又有过烦恼呢？透过岁月的光轴，我又陷入了另一场回忆，我记起从前的日子也有过为我念书的人。

第一次俨然已是很遥远了，那时候，还在读书，20岁左右的样子，在一堂选修课上，胃突然疼得受不了，我趴在桌子上，我右手边的男同学就用同样的姿势趴着，把一本小说铺在膝盖上，一段一段地念给我听，一页一页翻过去时，总不忘了问一句："还疼吗？或好点了吗？"毕业，分手，他做别人的老公，我做别人的老婆，可我的记忆里仍然残留着青春的美好，和对失去的珍视。这一切在岁月里，混合成一种味道，有时飘着香，有时荡着涩。

我也很浪漫地恋爱过，带着翘首以盼的奢望，每天数着日子，从这个月数到下个月，从这个城市数到那个城市，想着他什么时候能来，我什么时候能去，想着日久天长不得一见，我又该怎么去打发时光呢？他倚在枕头上为我念过《读者》里的经典句子，也在电话里给我念过沈从文的一句话，来解释我对他的误会。终于那些忍无可忍的想念，让我带着撕心裂肺般的疼痛战战兢兢地和他说分手，我怕他说可以，我都听你的！那样我又会舍不得，会痛不欲生。我和他到底恋爱了多少年呢？我数不清了，不是日子太久，也不是日子太短，而是爱得太深！他沉默，不理会我，我怕他生气，用心去安慰他，告诉他"旧的不去新的不来"，告诉他"天涯何处无芳草"，告诉他我想得太苦，不知道每天的日子是怎熬过去的。他全然不理会，重重地丢下一句："明天天塌了也一定去看你。"我再想对着电话和他说些什么更坚决的分手的话，他已经决然地挂了电话，直到明天见面之前永远地沉默着。我的梦里，那张脸总是骤然乱了我的心跳，由远及近地飘来，又由近及远地飘去。他是我人生最深刻的划痕，也是心口处最疼的伤，即便记忆中的他常常伴着夕阳、垂柳、小河和长椅，可是品过了太过浓重的甘甜之后，嘴巴里就难免不分解出苦涩的味道。时光原本是一架打磨机，把所有的美好和曼妙都研磨成凄苦而又迷茫的过往。像是再也不堪回首了。

　　老公睡在卧室里，打起了响亮的鼾声。夜，渐渐深了。所有明朗的气息都被暗淡的色调越掩越深。我从沙发上爬起来，望望窗外，目光和天上的几束星光对视着，真正存在的东西就像真正的光亮一样，总会越来越接近心里，让你看透自己，看透别人，也看透是有还是无。该去洗把脸了，把一天的尘垢洗掉，把所有凌乱的心情洗掉。对着镜子，看着凌乱的长发，又回到了刚刚睡时的迷茫，在心里不禁又问了镜中的女人一句，为什么就哭了呢？

　　仅仅是因为想到了三毛吗？

　　还是一时的感情所致呢？

　　也许，一切都不需要解释吧？

那个只允许我暗恋的时代

如果此生成长的路上，没有蒙受些许知遇之恩，我现在应该是一个标准的农妇，被上帝遗忘在某一个幽僻的角落，还会为一个粗糙的男人生孩子，因此而沦为一个传宗接代的工具也说不定。

生命之爱始于父母，人生第一次蒙人恩惠始于叔叔。是叔叔的一个毅然之举，让我有幸在单纯的心里，深埋一段永恒的记忆，永远地记住了那如花儿般绽放的年月里还有那样一些人惹我回忆！

18年前叔叔刚参加工作，是个普通的税收职员。那天是他下乡收税，路过我的学校，便去看我。看到他那一刻，小小的我孤单的心里满是委屈。

我的家庭条件不好，父亲的腰疼病早已不堪生活之重，所有的负担压在母亲单薄的肩膀上。家里正承受的一切，使我没法还坐在教室里静下心来好好地读书。也许是平日里倔强的缘故，眼泪憋得太满，在叔叔面前竟那么不自禁地落下来了。他问我怎么了，我甩甩马尾辫说："叔，我不想再上学了，我想回去帮我妈干点活儿。"

在空旷的操场上，叔叔就站在我的对面，沉默了好一会儿，声音不是很大地说了一句话："这么小的年龄还是什么也不要想吧！收拾一下东西跟我走，就当我多养了一个女儿！"我愣在空气里，有点不敢相信自己的耳朵，半信半疑地看着他的脸。他微笑着催促了一句："去收拾东西吧，我去找校长说情况。"

就那么简单，我和叔叔走了，到了一个城市的中学。

现在想来，那时我应该像是一个很渴很渴的人，在生命之源即将枯竭的时候，有人在我的嘴角挤落一滴甘露。于是我拼命地吮吸，带着一颗极度感恩的心，暗暗发誓，努力奋起。

到新学校报到那天，是叔叔送我去的，他把我介绍给班主任以后，就走了。他走了，那个老师不屑地问我："你的学习成绩怎么样？我们班可是平行班里的优秀班。"我一时不知该如何回答。他突然抬起头看了我一眼，带着略微的怀疑。我壮着胆子说我在原来的学校是年组前五名的学生。他竟然咯咯地笑了，操着很重的鼻音说："那是农村，我们这儿可是城市！"我便再也不敢言语了。从那一刻起开始讨厌他。只是后来那种讨厌不知何时在一次次措手不及的相处里一点一点消融，没了棱角。

在第一次月考里，我自认为交了一份满意的答卷，有点得意。有意在他面前放纵。在他的语文课上用手指转动圆珠笔，他狠狠地训斥了我："把你的笔收起来，比你转得好的人多着呢！"我装作没有听清，继续我手里的动作。他从讲台上不温不火地走下来，很随意地笑着，站到了我的面前："以为自己这次成绩很出色吗？不要用这种方式引起我的注意！"然后轻轻地伸过手来，用两根指头捏起还舞动在我手尖上的圆珠笔。看不出他发一丁点儿脾气，就那么将笔掷在地上，漫不经心地抬起脚，毫不在意地落下去。"咔嚓"一声脆响，回旋在全班六十多个人的耳边。他却缓步走向讲台若无其事一般。我哭了，气愤，羞恼。

班里有一个男生，基本上没人喜欢，所有人都不和他一张桌。我亲眼看见他一周被老师调了三次座位。当那男生像一颗炸弹一样被安置在我的右侧时，我怀疑由于我是新来的，老师选择让他来"欺负"我。说是"欺负"一点都不夸张，如果不是考试，那个男同学会在我们的桌子上画上三八线，我是断然不敢越雷池半步的，他的拳头总是让我毫无防备。我和他坐了一周，和谐过90分钟。因为那90分钟在考试，他需要抄袭我的卷子。忍无可忍让我把罪魁祸首直指我的班主任。下课时，他刚走出教室，我就迎在他前面，他低着头像看天外来客般看着我，我却突然一句话也说不出来，满脸泪水横飞。还清楚地记得上午第二节课的时候，我给他写了一封长长的信，大意是指责他不近人情，把那么麻烦的一个男生安在我的身边，以达到他惩罚我的目的。

第二天他倚在教室地角落里看了我好久，我心生寒意，等待一场劫数的降临，一整天都很压抑，放学的路上，一个人慢慢地走在街上。不晓得他已从后面赶上来，依然是很重的鼻音："明天给你调座位，放心吧！"然后几步跨到我的前面，又回过头冲着我笑了一下。

就是那一抹随意的微笑，那个在我眼里一直冷酷无情的人突然就温暖了我。一直以来我故意挑衅，曾那么高傲地想在他心里占有一席之地，单纯的心里原以为他罪不可赦，像个可怕的恶魔，于是常常激惹他，却只不过是想让他把我放在心上。那些是多么可笑的一个小孩子的伎俩。

他开始关心我，主动和我说说话。

我开始留意他。如此用心。

他是打乒乓球的高手，更是球迷，每天必打，据说不打球会有发疯的嫌疑。中考临近那段日子他不打球，球室都不进，整天神出鬼没地看着我们。为了工作，为了学生，他放弃了自己的爱好，我突然敬佩他，欣赏他，膜拜他……我喜欢他的才情，喜欢他的认真负责，喜欢他的霸道和真实。

不知何时我开始沉默，一句话都不想说。我是暗恋他的，我不得不承认！

我喜欢音乐，每周都去音乐室练琴，唱歌。常常看到他会溜进去，坐在下面听一会儿，然后又倒背着手静静离开。我不敢去看他，目光故意躲避。从他咖啡色的近视镜后面，我总能用余光看到那双锐利的眼睛，射出一束光，折返几个回合再落到我的身上。我害怕，怕他探到那个属于我正值青春的秘密。那一年我应该 14 岁的样子吧？

随着毕业，不得不和那个时代说再见。把他存在毕业照里，当心情疲惫的时候，拿出来翻阅，用臂肘拭去灰尘。把那段积累在青春里的往事放逐于阳光之下，默默地回味，咀嚼。看着他露出一排白白的牙齿，笑得那么温馨，心里就翻腾着难以言说的依恋。照片里我站在他的后面，还记得照相那天他回过头看着我说，一会儿别忘了喊茄子。

他曾嘱我学文，千叮咛万嘱咐的。可是因为叛逆我从了医，以为这样可以忘却那段记忆，好好地找个男人嫁了，不会再想他。然而在医疗岗位上工作了多少年以后，我的心灵又回归到文字里。那个让我曾经顶礼膜拜过的人，我常常这样安慰自己说，只是因为膜拜吧？也许！

时过境迁，竟然不经意就敲出这样的文字，才知道自己在心里一直无端地珍视着那段年华。想象着再也不曾遇过的他现在的样子也许老了吧？应该有四十七八岁了，还是那样习惯地背着手，沉思，踱着步子或端着一杯茶凝视一本书……

生命里不会再有那样澎湃着激情的日子了。那么默默地享受一种爱戴，一种拥有，在时间里坚守，在记忆里翻腾。那么青涩，略略地无知，略略地懵懂，略略地明知不可为而为之，又懂得放弃。

再也没有那般如水年华了！开始面对处心积虑的人性，猜测真诚虚伪；开始在世事中艰难地思考，辨析善恶；开始在生活里探究脚步的动向，是进是退？把那段我不敢说爱的时光，镀满了我的真诚。面对长大后的复杂，我像简单又无辜的羔羊，依然什么也不懂。有人对我说："如果你懂了，你会发现，怎么一夏之后，还未到收获的秋，咋就冬至了呢？还是保持你最初的单纯和优雅吧。用平和的心安宁现在的生活。"

你那里下雪了吗

还记得，那年的雪铺天盖地。

还记得与你的初识与一场雪有关。你走在雪的前面，我在后面踩着你的脚窝，你回头看我的时候，我仰起晶莹的眸子，睫毛上挂着水珠一眨一眨地看你。你笑了。于是，你继续走，我继续跟着，一段路走下来，我们相爱了。

相爱，是多么简单的过程啊。就是彼此相随着走一段路的过程。

而一段旅程结束了，也许两个人分开了，不在一起了，但情感还在，思念还在。就像现在我每天都在想你一样，什么都不曾变，只是两个人的空间距离拉长了，心还紧紧地贴着。彼此温暖着，把寒冬里的雪用遥遥的相思去捂化。

今天，我这里飘雪了，这个冬天一直不停地飘雪，一直不停地让我思念你。倚在窗前我一遍一遍地问自己，你那里下雪了吗？你听得到吗？也许我是想说，你想我了吗？或者我是想说，你还好吗？但我终究没有说出口，我只是在问，你那里下雪了吗？因为雪里曾经裹着我们的一串脚印，还有我们火辣辣的两颗心。看着窗前那洁白无瑕的雪，我分明看到两颗跳动的心，在雪地里追逐嬉戏。它们冷了，它们拥抱在一起，就像很久以前你拥抱着我，我偎依着你那样的甜蜜，就像你走的那天我紧紧地拥着你那样的不愿散去。

所有的别离都在一场雪里被勾勒得无限完美，完美得以至于我都忘记了悲伤，忘记了你的远行，甚至忘记了你再也不会回到我身边。有什么？有思念让我回味，足够；有曾经一起肩并肩，手牵手，足够，我以为。

我知道我错了，我认识到自己错了，是我发现我没有自己想象得那么坚强。对于我，关于你和你的消息，一天，我在思念；两天，我在等待；三天，我承受煎熬；四天，我的世界一片混乱……全乱了，从此不得安宁。

纷纷扬扬的雪啊，是我凌乱的思绪，被时间揪扯得七零八碎，铺天盖地地洒下来，落在你的脸上了吗？那是我的眼泪啊。

你那里下雪了吗？你可还记得那雪里的绵绵情话？如今的我啊，还徘徊在你来过的地方。

一生难忘的春节

　　有生以来，再没有比 2008 年的春节更令我难忘了。那年我 30 岁，而我的儿子才刚刚学会龇着两颗小牙叫妈妈。

　　2008 年我是带着对生命的无限感慨和对儿子的无限依恋过完春节的。别人欢天喜地的时候，我手上扎着吊瓶脑袋埋在被窝里哭。我被医生判刑了，我觉得这将是我生命里的最后一个新年。

　　因为我，我知道我的亲人都不快乐。躲进被窝里，我依然能想象出爱人一脸凝重，可他却故意哼着歌曲，用变了调的嗓子和儿子一起唱新年好。孩子被他逗得咯咯笑，笑得那么清脆，那么诱惑，好像我们家正沉浸在无比的幸福里，我的整颗心都被这温情揉碎了。那一刻，我觉得我是不仁道的，老天爷也不慈祥，你既然不能让我同他白头到老，为何还要促成我和他的姻缘？他那么善良，那么忠厚老实，你为什么要拿我的生命去惩罚他？我走了，他怎么办？他拖着一个刚刚冒出两颗牙的孩子，怎么生活？说到底还是我对不起他，结婚四年，什么也没给他留下。也许会有一些快乐值得去回忆，但那有什么用呢？还不如当初就不认识，从来没有相爱过，那样他就会娶一个健康的女子，和他相伴终老。如今再说什么都晚了，我越想越伤心，我的眼泪把枕头淹没了。我的儿子伸出肉乎乎的小手在我的脸上胡乱抹了一气，这使我不禁号啕大哭起来。

一个孩子如果没了妈妈他会变成什么样子？我的脑海里浮现出一个衣衫褴褛的孩子，傻傻地站在院子中央，头发蓬乱着，一脸的尘垢，一溜儿鼻涕淌过了嘴角。看见有人经过，他就胆怯地靠在角落里，一声不吭。我想那就是我的儿子，我走了以后，一个没了妈妈疼爱的孩子。

往年，总是早早地把电话打给母亲，祝她新年快乐的。2008 年的新年，是母亲把电话先打给我的。是我不敢打，我一开口就会哭，我怕我的哭声搅得所有人不得安宁。电话响起那一刻，我还是控制不住了："妈，我不想死！"这是我给母亲拜年的第一句话。这句话一出口，方觉得，30 岁的人生是多么短暂，不说你有多少愿望还没能去实现，就说父母吧，养了我二十多年，我回报了什么？刚刚有能力去回报了，老天爷却要收我了，这是多么的不公平啊！这根本不是上天在惩罚我，而是在给爱我的人痛不欲生的折磨。那一刻我想，幸亏我不是家里的独生女，幸亏我还有一个弟弟能让我的父母去依靠，否则他们的晚年可怎么过？

30 岁，我想我实在是太年轻了，我的父母年岁大了，我的孩子太小了，而我的爱人他一生的幸福都被我给毁了！

母亲也哭了，她说："闺女，你不会死的，我和你爸一辈子没做过坏事，你爸见着蚂蚁都绕着走，这种灾难怎么会落到咱们的头上呢？你一定会好的。不要乱想，你一定会好的。"我知道那只是宽慰。

2008 年，我们家的新年在悲泣中上演，又在悲戚中落幕。

正月初八，爱人带我踏上了四处求医的火车。他背着我在一座一座城市间穿梭，累了、渴了、饿了，我躺在医院的长椅上枕着他的大腿，看他就着矿泉水一口一口地吞咽干巴巴的馒头。我说："放弃吧，早死晚死都是死，为什么还要拖累你？早走一天你就早点解放。"他愤怒了，哭着把啃剩下的一半馒头砸在我的身上："你要再敢说一个死字，我就成全你，我一把就能掐死你，你信不信？你怎么就那么自私啊？为什么不想着好好活下去？"

如今又过去五年了，再想起那些，觉得死神有时也是一个调皮鬼，它把你折腾来折腾去，最后嬉皮笑脸地告诉你："嗨，我在和你开玩笑呢！"于是我就又活了。

活过来就更懂得珍惜，一家人平平淡淡地在一起，真好！

勿忘我，紫花淡淡香

宇有一个朋友叫周，是个正直豪爽的人，喜欢吟诗，喜欢摄影，还喜欢写文章。宇提及周的时候总是一脸的敬慕，说周是文采飞扬的人。

周病了突然住院。宇那天说，周在省城住院。很惦念他。可人又去不了，怎么办呢？

我给宇出主意，我建议宇送鲜花。宇傻乎乎地问："这么远鲜花怎么送？"

我告诉他可以网上订购，送花上门。

宇大喜。但宇说他不会网上购物，委托我为他办理。我欣然答应。宇还设计了一个能给周带来意外惊喜的情节，就是直到鲜花送到病房之前，绝不向周透露一点我们快递给他鲜花的消息。

网上购花的时候，逛了两家花店，没有联系上客服，于是很着急。就给省城的同学打电话，和同学细细说了经过，让她帮着选一个花篮，再冒充一下快递员。

我告诉同学选择花以紫色调为主，一定搭配两只百合，要漂亮，要大气，不要紫玫瑰。然后再附一张贺卡，写上"淡淡紫花香……"署上宇的名字。

同学办好一切后，提着紫色的"勿忘我"花篮去了医院，在医院的大厅里她按照我给她的电话给周打过去，说是快递公司的，送邮件。

不一会儿，同学电话打回来。她说周很警觉，说自己刚刚住院不会有邮件寄到医院来，还说这是愚人节的恶作剧！

我告诉同学说周是官员，不会轻易见客人。你再打一次就说他的朋友委托你带来一份礼物。不要告诉他是谁，也别说是什么礼物。

不一会儿同学的电话又打回来，她说周不但更加确信这是愚人节的恶作剧，还很严肃地说如果真是礼物更不会见她的，告诉她怎么拿来的怎么拿回去。

同学很无奈地对我说："看来这个谜底必须你先解开，那个周先生才会见我。"

听同学这样说，我突然对周生出几分钦佩，为宇能有这样正直的朋友而高兴。

我给周打电话，解释事情的来龙去脉。周听后开心大笑，笑宇原来还有这种浪漫情调，竟然给他一个大男人送花，差点误会是愚人节的恶作剧提前来了。笑罢，周却很遗憾地告诉我，由于有一个紧急会议，他昨晚已经连夜赶回市里了，现在并不在省城医院。

不知怎么我心里很是惋惜那篮"勿忘我"，本想给周制造一份惊喜，却因这份惊喜的半路搁浅，自己先失望了。也不知道该怎么和宇去说。

电话那头的周似乎意识到我的失落。他说："病房还没有退，周日还要回去，因为周一还要复查。要不让你的同学把花篮放在我的主治医生那里，我回去复查的时候会看到。"

听周这样说我突然觉得和宇煞费苦心设计的这一切特别好笑，因为周日正好是愚人节。本来想给周带去一份惊喜，却成了愚弄自己的礼物。我悻悻地想，等你看到时候，估计花已经枯萎了。

周依旧开心地说，护士会把花放在我的病房里，我去的时候，一定会嗅到满屋子的花香。

听周说到花香，心里豁然舒畅了，即便所有的鲜花都凋谢了，还能留下一种味道，香香地飘成记忆，在脑海里开出淡淡的"勿忘我"，那就是友情！

一路风景一路尘

应作协朋友之约，下乡，看自然风光。斟酌了很久，就去了。

一路风尘仆仆，带着久违的忐忑和再见的羞涩，我又站在了它的面前——那个我阔别多年的既陌生又熟悉的地方。那里一直都很美，可是曾经它不是我的天堂。

友人的车子颠簸在沙丘之上，走着走着就迷失了方向。路环绕在庄稼和丛林旁，蜿蜒，曲折，坎坷不平。那些地地道道的城里人看着眼前的一切那么惊奇，茂盛的树带被他们看成森林，浓密的野草是他们眼里的原生态。无尽无边的草原，放眼无边，车外艳阳高照，车内其乐融融。到处的风景，满眼的绿，城里人的脚上沾了浮尘，而我却有拔不出的根。

车子在很卖力地走，人的兴致却很高。他们看风景，我看车子。我觉得那车应该是很高级的吧？它走得如此费力，是因为它离开了它的"土地"！那高级的轿车注定与钢筋混凝土的建筑物为伍，走在平坦的柏油路上，风风火火，譬如那些地地道道的城里人；它注定夏天睡在凉棚下，冬天藏在暖库里，安逸舒适，譬如那些地地道道的城里人；而我不一样，我的根在农村，我是半路被移植到城里的，移植的时候为了怕我水土不服，还在根上带了一大捧家乡的泥土。那里哺育了我，我不用刻意去亲近它，我的梦里依然处处花香，带着忧郁的伤。

车子依然在辗转。我猜，他们的心里会想什么呢？他们都在说美，在说漂亮，假如可以他们愿意为此留下来吗？应该没有人会愿意。这只是他们眼里的风景，他们只是一路看客。他们能说这里美，那是源于好奇吧？不懂农人生活的人，只会享受那份恬然安静，蓝天白云朵朵，燕舞莺歌；他们不会担心天什么时候该下雨，土地为什么会龟裂，草木兴衰的个中缘由。他们习惯了便利的生活，出门打车，散步打伞，口渴来瓶矿泉水，回到家里开着舒适的空调，来过三天农人的日子又有谁会愿意呢？看那些"狭路"相逢的农人们，黝黑的皮肤，憨厚淳朴的神情，车里的人会不会突然有一种高姿态，得意于"不必面朝黄土背朝天"呢？不要厌恶我说这样的话，"得意"又有什么不正常呢？生活，我们都在努力让自己过得更好，只是不要太轻狂！

我们索性下了车，纷纷取景拍照。自然确实让人感到和谐之美，心旷神怡。可是这一切竟是在我离开它后多年不曾再亲近以后才感受到的。我忽又觉得，在城里人的眼里，这美是别致，别于繁花堆砌，就如同与我艳羡城市的喧嚣。不过再怎么样就算我们同样用诚实来形容农人和城里人还会看到两个不同的结果。同样的心地纯净还是会有一个最先清澈见底。人，无论飘忽到了哪里，都如同一粒种子，终究要有一片属于自己的土地用来生根发芽。

中午，饥肠辘辘，疲惫不堪，却笑谈遭了一把"幸福的罪"。农家饭，小笨鸡，野生鱼，蘸酱菜……觥筹交错。我不善言辞，不会借题发挥，默默听那些酒桌上的慷慨陈词，为这一行而动容。他们都信手拈来一般说得那么好，酒量也好，而我只有一杯的酒量（啤酒），被我很有准备地留给轮到我说提酒词时再喝。我喜欢将酒一仰而尽，尽管只是一杯，那也叫畅饮！关于酒词，我说什么呢？我突然有些惭愧，不禁暗笑自己如果可以写出来读一读可也未尝不好！在座的每一个人应该都是我的老师吧？人生要不断跨越，迈开步履求得进步。而进步除了需要一个平台，还需要同行者的指点，每一个愿意为我出谋划策的人，他们的观点无疑会影响我或受益匪浅。那么这些姗姗而聚又要匆匆而别的朋友们是不是我的驿站，我如同一辆颠簸的车？是的，我是行在旅途的车，这没错！先前他们都在谈文学，甚至说到我的小说，在夸赞我，我愈加惭愧了：一滴豆油怎敢谈灯？我是车，或车手，新车，新的车手，我需要大度的师友拓一条明路，我想到了谦行的车子要为自己打好舵，再谦逊地说句：新手上路，请多关照！

歌舞升平，丰富的午餐，盛情的晚宴。晚照的霞光格外的炫彩。我躲在车里，看着他们在握别，称兄论弟，姐妹相拥。城里人？农人？高官显赫？呵，无非文人在惜别！对，都是文人！这一刻我们灵魂平等。不，任何时候我们都平等，我们以同一种方式来（这个世界），又要以同一种方式去。红尘，满路风景，自然和人，还有人和人，最终散场，各自奔忙，一路风尘，唯想念在心里珍存！

银饰

逛街是从想买一双换季的单鞋开始的，所以一开始她一个鞋店一个鞋店地走，几个店走下来就忘了自己最初的目的。她开始看服装，看牛仔裤，还去了玩具店，连两元店都没放过，不知怎么的在最后时刻竟然站在一家金店门口就迈不动步了。推门进去时心里还在想，买不起，看看总不要钱吧？

这是她生平第二次进金店，一跨进这门第一次时的情形就在心里翻腾倒海起来，那一次是她和一个男人一起去的，她第一次爱的人。

她总以为都市会比乡村暖一些，因为都市的人多，接踵擦肩，光是每人一个微笑都够热乎半天的了。可事实不是那样的，她第一次去的那个都市叫安城，那里没有微笑，那里奇冷无比，那里有世界上最冷的冬天。

他的手指总是冰凉的，他习惯牵她的手，却总是把手指尖藏在她的手心里，她愿意温暖他的冰冷。尽管他从来没有说过他爱她，甚至连小礼物也没有收到过。没关系，他愿意和她在一起，她能感觉到，她相信自己的感觉，相信他早晚会说爱上她的，甚至寸步不离地赖上她。她梦想着有一天能收到他送的礼物，哪怕写在一张纸上的几个字，她都会珍爱若宝。

走在安城的街，他们依偎着，她想她是这世界上最幸福的女人，她情愿就在这里走着，在这里冷着，却再也不愿意回到她的乡村。她忘了她是村姑，只记住了他曾说的，不是村姑，是春天的姑娘，走到哪里哪里的冰雪就会融化。就像她融化了他的心一样。是的，他总说，他那颗也曾爱过的心早就在他那个没有温暖的家庭里死去了，是她激活了他，让他死而复生。

都说，一个男人要是肯为一个女人花钱那他不一定是爱这个女人的，但如果一个男人不肯为一个女人花钱，那他是一定不爱这个女人的。所以走到安城的金店门口，她拐了进去。说实话，她只想试探他一下。

她明显地感觉到身后的他愣了一下，于是她的心瞬间就零下了。

她还是大跨步地走了进去，绕过金饰的柜台，向银饰走去，含着笑对服务员说："来一枚银戒指吧，我喜欢银饰。"身后的他长长地吁了一口气，一只手轻轻地揽在她的腰际，满是爱抚。

服务员介绍说："来这对情侣对戒吧，小狐狸形的，可以把心爱的人拴在身边。"

他说："好。"

她说："不，来一只简单的光面指环就可以了。外加一根红绳。"

那天，一走出安城的金店门口，她就把那枚指环用红绳系上，挂在了他的脖子上。

她离开了他，离开得特别坦然。她不欠他的，如果那天他领着她在金饰的柜台前浏览一下，她都不会舍得放弃他。

这一刻，她绕过银饰的柜台，直奔金饰，她看了又看，说："来一枚戒指吧。"

她倾其所有，它在她左手的食指上闪闪发光。

别样二月二

与春节、情人节比起来，我更重视二月二。从 25 岁那年开始，以后每年的二月二都成了我生命里最重要的日子。十年前在那一个龙抬头的日子，我成了一个男人的新娘。

结婚那天，祖母说，二月二龙抬头，人也抬头！是个好日子。

可我结婚那天母亲哭得很凶，她说："你找的老公太穷了，以后的日子可怎么过？"我看着母亲的样子，我很难过。我坚信自己的选择不会错，但我的坚持伤了母亲的心。为了掩饰我对母亲的歉疚，那天我笑得很开心，没有流下一滴眼泪。我说："妈，别人都说你闺女是有福之人。"

时间一晃，结婚整整十年了。十年里，我的爱人，他的额头已爬上了皱纹。他一直为了让我幸福努力着。他很卖力很卖力地工作，还在假日里去打工。记得谈恋爱的时候，他说："给我十年的时间，我给你想要的生活！"

如今，正逢结婚十年，而我想要的生活是什么呢？对于相爱的人来说，还有什么比两个人守在一起更重要呢？

十年的时光里，我们从一无所有的两个人变成三个人；我们从租别人的房子住到买了自己的楼房；我们从一元钱掰成三瓣花，到可以随意买自己喜欢的衣服。还记得刚刚结婚的时候，我们从来没吃过反季节的蔬菜、水果，迎着季节买最便宜的土豆、大白菜、霜打的茄子、秋后的黄瓜妞儿。爱人看着我的脸色，被吃成了大头菜的颜色，他哭了。他说："等到我们结婚十周年的时候，我要改变这一切，还要送你一枚戒指，把结婚时没有给你的，在那一天补给你。"我笑了，现在想来不是因为我期待。

我的婚姻已走过十年，十年的磨砺，已不需用一枚戒指去套住感情的生命。在时间的搅拌机里，我们早已融进彼此的骨肉里。我们可以在平常的日子里吵闹，却绝对不会因为苦难分离。

龙年的二月二又到了，我看到爱人又在日历上画下了这个日子，看着他每年都如此认真的样子，我说："亲爱的，你知道吗？你每年都会很认真地在这个日子上画一个圈，对我来说比什么都幸福！"从来都不会玩浪漫的爱人拍拍口袋说，戒指我买回来了，是不是现在给你？突然有泪盈满我的眼角，这个让我踏踏实实的男人，即便和他过再贫苦的日子，我的心也有一个安稳的岸。

我说："你用红绳穿上，挂到我的脖子上吧。"他说："戴在手上多好，谁都看得见。"我说："我想让你的爱贴在我胸口。"

没有穿过婚纱的女人

还清晰记得谈恋爱的时候，我喜欢他靠在一张椅子上安安静静地整天整天地看书。偶尔抬起头来看我一眼，嘴角总是挂着浅浅的笑，眼睛溢满柔情。

是在一个阳光温馨的午后，他被阳光照得灿灿金黄，透过近视镜片的小眼睛很深情地看着我，说："妍儿，我们结婚吧！"

除了彼此爱着，我们什么也没有。我揣着他给我的 5000 元钱幸福地筹办我们的婚礼。我们去拍打折的婚纱照，只花了 288 元，我们走出影楼还在偷笑，真是命好啊！捡了天大的便宜一样。我去给他买廉价的西服，还很有理由地说服自己，婚礼上的衣服，就穿那一天，就是个道具，不用买太好的。顺便还给自己买了一块印着红喜字的面纱，做我结婚的红盖头。

结婚的前几天，我路过了一家婚纱店，透过那橱窗，看着那洁白的婚纱，忍不住驻足了。

人这一辈子，最好就结一次婚，结一次婚的人才是幸福的人。这个观念是妈妈灌输给我的，她说好女不嫁二夫。而我多么希望在这仅有的一次婚姻里，我不仅遇到了对的人，还披上婚纱……我不知道自己看了多久，又是怎么跟着营业员鬼使神差地进到店里面的。那个眼睛上粘着长长的假睫毛的女孩子神圣地举着婚纱让我试穿。她说："你又高又瘦，穿上一定很漂亮。"我捧在手里，一下子触到了那上面的价签，我好像从一场梦里瞬间惊醒了，带着几分对现实的恐惧，丢开那件婚纱，逃也般地跑出那间婚纱店。

我很奢侈地花了 150 元钱为自己买了一身紫色的毛呢裙子 (赝品)。婚礼上，我就穿着它和他结婚了，就这么错过了婚纱！

十年过去了，我正坐在这里讲述我的过去，敲击着键盘，在温暖舒适的楼房里。

我是一个连婚纱都没有穿过的，曾经一无所有的女人。结婚后，我们没有房子，恰巧爱人在农村工作，我们就在他单位附近借了一户农民的两间土房子。我们仅有的家当是一口大黑锅、四套行李，外加半桶荤油，还有整整两个大木箱子的书。

日复一日，我们的爱情依旧，面包也有了。在一个阳光洒满房间和心头的日子，我无意间看见那身紫色的毛呢裙子，用手轻轻触摸，小心地存放在角落里，暗想，这辈子有爱情做我的后盾，除了婚纱，还有什么是我得不到的呢？

第五辑　断片·私语

听雨

听！

雨打窗棂，独倚窗前，一颗浸饱思念的心，插上遐想的翅膀，穿过这雨帘，透过这似远似近的幽幽迷雾。

嗨！我来看你了！在你的身旁，轻拂你的鬓发，喃喃你的耳畔……夜，已安睡，唯有孤独和寂寞是那么清晰！我不敢俯首，唯恐那低落的眼泪，再也温暖不了你的掌心！

命运要我来给予你的温柔，曾几度在黑夜里徘徊，却再也慰藉不了你的心灵！

流泻在夜里的雨滴好大，一如我为你流过的眼泪！我在雨丝的低吟浅唱里，勾勒出思念的痕迹。也许你离我并不遥远，因为你一直住在我的心里；也许你早已走出我的心房，徒留我一人独奏心曲。即便望眼欲穿或是翘首等待，一切都已是沧海桑田！

推开湿漉漉的窗子，放走这满屋子的寂寞，向往走在寂寞的路灯下，走在朦雾般的雨中……任凭雨水打湿我的长发，任凭那些可以洞悉暗夜的眼睛……雨，滴落的那一瞬原来很美，那小小的雨点凭借自身小小的重量砸在地上，激起小小的水花，一滴一滴接连而下，泛起小小的涟漪……所谓积累，就是时间把那些小得看起来不起眼的东西汇集在一起吧？就像我对你的思念，想忘而不能忘，点点滴滴愈来愈浓！一切将在这场雨里重生吗？包括爱情！

陌陌红尘，缘聚缘散，我在这场雨里尽情相思，或许在下一场雨里把你遗忘！就算我偶尔还痴迷这盏苦涩的爱恋，也终有一天会释怀！世事不外如此，我不来负你，你便来负我，哪有什么例外呢？正如春天可以辜负花朵，黑夜可以代替白昼！聚散离合总需要一点时间去遗忘，从此天涯寂寂两相忘！

如果有来生，我还要做女子，我要满怀着开花的心情，听雨——等春的讯息！

别急，请再等一等

春天还没有来。走在大街上，明明感觉到天气还很冷，可是很多漂亮的女子已经脱去棉服换上了薄薄的春装。原以为她们是不怕冷的，可是她们却露出瑟瑟发抖的样子。其实，那些漂亮的衣服总会有适合它们的季节，让你有机会穿在身上，何必把自己冻成这副样子？

站在马路边等公交车，15分钟一趟，前一趟刚刚离站，后一趟还要几分钟到达。有的人站了三五分钟，不耐烦了，打的走了。他刚一走，公交车到站了。想他能有什么急事呢？为什么不再等等，毕竟公交车只要一元钱？公交车还没站稳，人们一拥而上，把残弱瘦小的毫不留情地挤到一边。如果大家都慢一步，这场面是不是就会变得秩序井然，满是温情？毕竟每个人最终都会上车。

孩子的学习成绩并不是特别突出，做爸爸的看上去很着急，老师也很着急。一周之内老师把孩子的爸爸叫去三次，又嘱咐家长给孩子分别报了不同的辅导班，半个学期下来成绩仍然原地踏步。爸爸急了，一扬手扇了孩子一个耳光，孩子愣愣地杵在那里。孩子根本没弄明白自己错在哪里，他只是想，为什么不再多给他点时间，如果爸爸不催，老师不急，他或许会做得更好一些。

……

如今的社会，什么都讲究快，一个快字，让很多事乱了节拍，让超前意识者付出了代价抢在了前面，也让踩着节奏的人落在了后面。

每个人都在刻意标榜自己很忙，好像不忙就彰显不出自己的价值，好像不忙自己就成了一个无所事事的人。你给人打电话，都在说，我最近很忙，忙得晕头转向，焦头烂额。你很少听到有人说，我闲得慌，闲得没着没落的。

人，为什么就慢不下来呢？说好了吃完晚饭去散步，却打车到广场，绕着广场走三圈，再打车回来。人们总是在忙着追求，忙着追求我们想要的结果，却忘掉了享受追求的过程，以至于我们想要的结果来了，我们却没了最初的冲动和兴奋。因为我们忙，我们忙得只想得到，竟然也没问问自己为什么要得到。或许只是因为别人有了，所以我们认为自己也应该有。或许只是因为别人有了，凭什么我不能有？

那些漂亮的女子为什么要在冬天还没有收尾就换上春装？

那些并不急着要赴生死场的人为什么要放弃等一元的公交车而去花上十几倍的价钱去打出租车，结果只是为了一场娱乐也说不定？

那些只为了要好成绩的家长，只顾得看孩子的成绩单，却忙得忘了扫一眼孩子的试卷哪道题错了，又错在哪里？

因为每个人都太忙，忙到希望季节也快点到来，忙到希望什么都能一步到位，忙到就连小孩子也最好一鸣惊人。

真的想对大家说，别急，请再等等！给自己一点忙里偷闲的时间。给自己一点准备的时间，给自己一点思考的时间。给自己一点可以在一段静悄悄的时光里慢慢流淌的时间。

比如在北方冬天还没有收尾的时候，我们耐着性子等一等春天。

见证青春的马尾辫

曾是许多年前，我还梳着马尾辫。

而今天的我已将长发披散在肩头，青春不复，一切都远走了。

夜已经很静很静了，直到路灯全灭，我还坐在街头。繁华散尽，独剩凄然和彷徨的我还在暗中给自己树立勇气。我突然害怕这凄凉漫长的黑夜，把我推到无尽的沧桑里——我老了，老得禁不起风浪，老得卑微低贱，老得可怜兮兮，老得任世事变迁，我已无能为力。我的双手轻轻挽起长发，却再也飘逸不出青春的味道。

童年的幽林在回忆的长廊两旁盛开了粉嫩娇黄的野花，没有爱，我依旧释然。我跳跃在那花丛里，任疲劳拉下我美丽的眼睑，睡了，在呓语中梦一回天堂。

诀别了十八九岁的样子，而那些过往还饱蘸着青春的痕迹在现实里徘徊。

我对着相册里那一张张青涩的面孔，不禁流下一汪眼泪，我怀念那些梳着马尾辫的青春和那时的清纯。再不能提及往事了，愈加显得我衰老，像个唠唠叨叨的老妇人，可，变迁的种种原是不能无言以对的……

今夜客居在他乡，忽想故乡夜色明朗，这是以前未曾有过的感伤。小的时候，在我的那个村庄里，我无数次嫌弃它的丑陋、贫穷、败落和庸俗，在迷茫中挣扎，在困惑中想着逃脱。终于在那么一天里，我扯断了牵绊，却成了断线的风筝。我很想找回那种依靠，一种被幸福束缚的滋味。再也回不去了，我有了新的绳索，拴在了心上，系在了脚踝——这应该是每个年龄段必该走的心路吧？

他乡的繁华与我层层接踵，然而我叛逆的心灵固执地远离了某种喧嚣，回归我的世界，回到我的世界。突然想念我的那个圈子，和那个正在等我回家的人。

什么都可以是假的，唯一欺骗不了的是自己的心。

白城，大安这个深刻我心的名字，突然在这一刻我想起那些包容我的人，那些包容我的人让我在这暗夜里不再孤独，那份想念、那份思念与牵挂让我看到一双双虔诚的眼睛，甚至投射一束光，照亮我的前方。怀想那圆圆的桌子旁，我们共同举杯，不胜酒力的我总是得到宽容，我想到一个字……宠，我不得不承认我是被那些诚意的缘分溺坏了的小女人。

像是生命里注定有另一种机缘吧，我推开一扇门迈过一道门槛，看到形形色色的面孔，却再也不是我熟悉的人。我突然恐惧，然后心跳，然后契机安静，假装无所谓。其实我正在想念，想念那些哥们儿般的情谊原来固守在故乡里，固守在心灵的某个角落里，就像我正在怀想马尾辫一样的漾在脑海里。

我这个人啊

我是该好好反省反省我自己了！

我是该受点打击和挫折了，还记得去年夏天在长春开作代会的时候，有人对我说，我回头冲人一笑的时候，就像一个还未经事的孩子，眼睛里没有防备，没有嫉妒，没有历经世事的老练和智慧，说我从小到大一定没受过挫折。真是，说得很对，我好像还未染尘埃的。这不是说自己有多纯净，是我的性格造就了这样的我，在尘埃里总想找到人生的净土，把自己牢牢地封闭起来。

我喜欢躲起来。

遇到不喜欢的人我就躲起来。

遇到比我高明的人，我深知自己不是对手，我就躲起来。

遇到那些即便我很喜欢却不管怎么努力也不会得到的东西，我就躲起来。

遇到让我惭愧的，我就躲起来。

今天我想起了很多关于我小时候的事情。

首先想到我为什么还是这样天真？今天的性格和对情感的天真，实在是受童年的影响太大了。记忆深刻的三部电视剧《渴望》、《青青河边草》、《神雕侠侣》——刘慧芳对王沪生、青青对何世伟、杨过对小龙女他们的爱情都毁了我，让我只看到了爱的美好，却忽略了那是电视剧，不是生活。以至于我到现在为止，一唱歌就只会唱《好人一生平安》、《青青河边草》，以至于我现在一想到爱情就会想到青青和何世伟的死去活来、杨过和小龙女的生死相依、刘慧芳对王沪生的不离不弃。记得那天看电视，一边看，我一边问了很多莫名其妙的问题，弄得我儿子看着我咯咯笑，老公气得说："你说你都三十多岁的人了，怎么就十五六岁的智商？"我说："哥们儿，你真抬举我了，现在的那些十五六岁的孩子比我聪明多了。"老公说："你就这点好，自我认识性强，知道自己连十五六岁的孩子都不如！"我说："是啊，我什么都不行再没点自知之明我还活着干什么？"也许是太有自知之明了吧，所以总想躲起来。

其次还想到了另外一些事，这些事现在想来绝对是决定了我的性格。

一旦我拥有的，我就觉得他好。

别人的再好，也不及我的好。

我很小很小的时候，只要是我的东西，不管多么破烂不堪，只要它是我私人的东西，别人的再好，我也不换。

我不占别人的便宜，别人也不能碰我的，如果有人想和我换，即使你的再好我也不换。我小的时候，很少把自己的东西给别人，因为一旦给了人，我就会后悔，变着法儿地想再要回来。实在要不回来了，我就会一直纠结着，直到我忘了为止。

上小学的时候，同学之间有换本子用的，有换铅笔使的，有换文具盒的，还有换本夹子的。我没换过，别人的铅笔比我的长我也不换，我总觉得你的长你还和我换，一定是我的在其他方面占了优势。呵呵，那时候的我啊，和现在的我一样有点不可理喻的固执。

还记得在通榆上学的时候，女同学之间爱换衣服穿，我最讨厌别人穿我的衣服，再好的朋友也不能碰我的衣服。记得那时候我喜欢穿休闲马甲，有一件黑色的，镶着白边，我们同宿舍的一个女生相中了，我洗好了挂在床头，没经我的同意她就穿在了身上。我和她关系特别好，但看她穿我的衣服我心里特别不舒服，我说："送给你了。"她当时还很高兴。我并不是舍不得那件衣服给别人穿，是宁愿送给她也不愿和别人共享。我认为衣服不是美食，美食可以和朋友共享，衣服不行。所以我也从来不碰别人的衣服，当别人都换着穿衣服的时候，我只穿我自己的。

　　后来，全宿舍的女生都在忙着谈恋爱，我没男朋友闲着没事，就买了织针毛线学着织围脖，织马甲，按着自己想象的样子织，胸前绣上自己喜欢的英文字母（我喜欢"LOVE"）。我喜欢白色，织了好几件白色的马甲，我怕别人穿我织好的，尤其是白色，更不喜欢被别人穿，我就事先做了声明，喜欢可以送你，或者买来毛线，帮你们织，怎么都行，就是不能穿。搞得那一段时间我们全班女生。都买毛线和我学织马甲。那时候很有意思，我们女生二寝室的女生都很优秀也都很实在，男生二寝室的男生就商量好了似的都来追女生二寝室的女生，他们那时候攻势很猛，闹得我们女生寝室天天有喜糖吃，关系好的，要闹着请吃一顿才肯罢休。最后我便宜了，轮着吃了他们一圈，我还是没对象，但又觉得亏欠了人家不好，何况平日里都打得火热，我就织了九条白围脖，送给了男生二寝室的男生，因为他们都是我们女生二寝室的女婿。嘿嘿，送给他们时，告诉他们，要来我们寝室见女朋友，都扎着白围脖排队来。想起这些，虽然自己有很多怪癖夹在里面，但还是从另一个角度，做人而得到了很多快乐。

　　可以说活到今天，我的朋友不多，因为我不喜欢的我绝对不会敷衍。对于朋友，我宁缺毋滥。假一点也不行，我不干，我不屈从。我宁愿在真正的知己面前把自己的心掏出来，也不愿意听虚伪的人对我说甜言蜜语。假了，我就躲了。

躲了三十多年了，就这么长大的，以后也改变不了了。

躲，是好事，也是坏事。

说好，是说与世无争，看起来似乎是一种谦让、大度和气量，其实不尽然。躲，有它的坏。说坏，那就是一种逃避，不敢面对，是懦弱的表现。

心雨

阴天！于万千变化，我独怕阴云密布！也许在不久就会炸响一声闷雷。看着翻滚的乌云，似峰峦叠嶂，黑压压地向我扑来，我突然觉得，我如此渺小，有点微不足道。我是这大千世界里的一抹尘埃吧？我在风中飘荡，找不到归来的旅途！做我的引路人吧！领着我，走出迷途，好吗？

我是漂浮的沙粒呀？倦乏地四处撞击！你知道我也会疼吗？在风中哭泣。豆大的雨点压住我的身躯，瞬间我在万人践踏的纷扬着尘土的柏油路里奄奄一息。你毫不在意地走过去，任由我挣扎着，呼喊出最后一声："别离去！"

所有的不期而至，都不期而至！我的最后一点眼泪，没有唤起你的记忆。它干涸在我枯萎的心脏里，一颤一颤的，却不再能惹人怜惜。你看到我向你挥手了吗？在阴云密布的雨雾里。你看这鬼天气，它挡着我的脸，还遮着你的眼！

哦，宝贝，雨水已顺着我的头发，流到胸腔里。敞开你的外衣，让我裹进去。那里祥和吗？那里只有血液沸腾的咚咚声和宛如天堂般的宁静吗？我看见我的灵魂在奔跑，绕出曲曲弯弯的线。唉，一辈子又能坚持多久？下一秒也许就是永别！

我在黑暗里穿行，你应该知道那不是我。可是，是不是我又能怎么样？时间真的不早了，所有的人都在睡觉，而我的灵魂还在游走，像马戏团里的小丑！在一片嘲笑声中，被拥挤在下一个站口。把眼泪当作洗面奶吧，揉一揉被皲裂的皮肤吸收掉！把眼泪当作可乐吧，用舌尖接住然后喝掉！我本来是没有哀愁的，可是我依然在黑发里拔出一根银丝，我老了吗？我32岁，我老了吗？

你不懂我，又何必评论我呢？你不懂我，又何必在意我哭没哭呢？你不懂我，又怎么知道我为何在冷雨中惆怅地呼吸呢？

每个人都需要一位倾听者

"为了感受音乐的温暖，首先你必须敞开心胸去接纳它"，"就好比为了感受炉火的温度，首先你必须去靠近它"。

——罗斯特罗波维奇 《音乐欣赏之道》

在简单的一天当中，或一年当中，即便你是一个再怎么乐观的人，也难免有那样的时刻心烦意乱。当你心里满是委屈时，你好想找个人来听你诉诉苦，你信任他，毫无顾忌地和盘托出，然后你轻松，满意，如释重负。而那个人也许什么也不说，也许会给你足够的安慰，或许为你的遭遇流下眼泪——那个人像是一个忠实的听众，不会打断你的话，任由你反反复复地絮絮叨叨。

你有这样的朋友吗？朋友，若有，请珍惜她 (他)！谁都不是一座孤岛，必要时我们都需要朋友。

我是一个善于倾听的人，所以向我倾诉的人很多。作为一个倾听者，你首先要是一个不聒噪的人。你要安静，这种安静与生俱来，要让你的倾诉对象有安全感。他的苦到你这里可以无虑地倾诉，却不会在事后遭到恶意的传播。

你要有足够的爱心和耐心去安慰他，还要舍得足够的时间去听他的絮叨。

即便他说了无数遍，你也要抱着始终如一的心态鼓励他，迎合他。给他恰到好处的一块面巾纸，发自内心地拍拍他的肩膀，一个诚挚又体贴的安慰式的拥抱。

一个好的倾听者，不需要说太多的话。当别人在诉说的时候，只需要你静静地听着他把话说完，说到最后什么都不想说，然后轻松地走人。

我也不例外，我也需要一位倾听者。有向我倾诉的人，我很幸福，能够分享朋友的幸与不幸是他人对我的信赖，这种信赖在一定程度上也让我自信和成长。但我还没有遇到一个可以倾诉的人，有时候难免伤心难过，却只能压在心里，想说却不知说给谁听，又不知道会不会有人愿意聆听。

找不到可以倾诉的人其实是一件很孤独的事情。所有的烦恼都要自己去开解面对，所有的苦痛一个人慢慢地品尝，适应，然后消化。人的内心早已被世事的牵绊包裹得严严实实，倾诉心里的话不容易，找一个对的人倾诉更不容易。

我不愿意拒绝每一个向我倾诉的人，因为在为别人打开一扇明亮的窗的同时，我自己的心也豁然开朗，也许不经意间也会遇到对的倾诉者。

在幸福里眯起眼睛

1

我小的时候是那么怕黑。不敢走夜路，甚至在晚上睡觉的时候，要把脑袋躲在被窝里。那个时候，我听太多的鬼故事，源于祖母的缘故。祖母的鬼故事太多，多得有些传奇，让我不能怀疑它们的真假。于是我常常恐惧暗夜里有一双无形的手或者面目狰狞的脸会在我睁开眼的那一刻将我谋杀。

记忆里还是珍藏了夜带给我的幸福的。那是秋天的暮霭里，我安静地守候着墨色渐渐将村庄笼罩，我矗立在大门口的土路旁，听到一阵嘀嗒的马蹄声，还有父亲的吆喝声，母亲应该坐在装满玉米棒的车斗里，有一句没一句地和父亲搭着话。我能想象出父亲的样子，柔和的脸上打过一抹月光，似笑非笑的安详，扬起鞭梢，轻轻掠过马儿的脊背。那声音由远而近，于是我朝着那个方向奔过去，调皮地仰起头，看着我怎么也追赶不上的月亮，泛起了一个小小的疑虑，为什么我跑月亮就跑，我停月亮就停呢？我试图加快跑，折返回来或转着圈跑，那个月亮总是如影随形，恰恰保持着一份我越不过的清冷。父亲的马车近了，我在后面尾随着，就像我身后那只不离不弃的看家狗。我不懂那是我的幸福，多年以后，恍惚是在今天的这一刻，我才恍然觉得我如此依赖那份幸福。

弟弟总是无比淘气。在院子里的羊草垛旁，他疯狂抓一只母鸡的行为终于惹怒了那只骄横跋扈的红公鸡。为了捍卫鸡族的尊严，或者是为了保护妻子的安危，它一跃而起，在弟弟的脸上留下至今未消的疤痕。而我在弟弟那次意外伤害里，平生第一次怨恨起母亲的舍亲疙瘩，是那么不分青红皂白地冤枉我抓伤了她违反计划生育规定，在生产队里被罚了300个工分和损失一头老母猪的代价才换来的宝贝儿子。

今夜，我就那样漫步街头，我已经远离了那个蛙叫虫鸣的福地，在一个钢筋混凝土铸就的世界里徘徊。夜，在昏黄的灯光下变得朦胧失色，让我再没有看看月亮的冲动，却忽然想起月光，和月光下的马蹄声。我的心突然纠结了一下，隐隐地疼，一丝冰凉就滑过眼角。3路公交车缓缓在我身边停下，我不知道我为什么要隔着车窗向里面张望，有一种莫名的臆想，一份期待，像是在等某一个约定，明明知道谁都不会来。我还在遐想，在慌乱的人流里，3路的车子已经瞬间远去，我默然转身，安慰自己说，对不起，对不起！在熟悉的空气里呼吸，那份惦念却开始陌生，开始遥远，开始不安宁。一切都来不及再做准备，风，开始肆意风干我的眼角……

结婚以后，远离学生时代那些情同手足的姐妹，我再没有在一个女人面前这么痛快淋漓过。陪一个女子和她的丈夫去草原。是这次草原之行唤起我如上的记忆以及更多的情愫。她像一个知己，更像一个姐姐。

我渴望在离别的时候给她一个深情的拥抱，我做到了。

去见她的时候，她住在宾馆的211号房间。我带着丝毫没有刻意打扮的装束（一身蓝色的休闲裙）和我毫不做作的朴实轻叩她的房门，我想她会和我握手，或问我："你好。"这些都会让我在跟她接下来的接触产生距离。始料不及，却又意料之中，她叫出了我的名字，笑声爽朗地直呼："这么漂亮高挑的女子，你的男人好有福气……"我拎着三个丑瓜，她的爱人突然眼前一亮："给她瓜吃的，她会美死的……"

在草原上驰骋的车子，和班得瑞的曲子，让我记起一份牵挂，想把那份爱拥在怀里，然后轻轻地呢喃着我爱你，然后眯起眼睛享受阳光洒在脸上溢满心头的幸福!

2

偶然整理年少时的"家当"，盘点出厚厚的一摞信件，有滋有味地逐封读起来，有些事真的忘记了，码着信件里的足迹，慢慢地记起，慢慢地回忆，读着读着就幸福地笑了，双眼模糊，面庞湿润……原来不是忘记了，而是被深埋在一个安安静静的地方，随时随地掷下一颗石子，都会惊起一汪涟漪。幸福原本就搁浅在记忆的水湾里!含泪笑言，人生，即便有再多的苦难总有那么一刻是幸福的，哪怕是擦肩而过的快乐。

昔日之欢乐并非沉淀于俗世的尘埃里，在某一个静谧的午后，悄悄浮上心海，我和那些难得的快乐就那么快乐地飘飘摆摆。在那些信件里，我忆起了一个头发软软、面色黄黄的小小的小女孩。

是我吧?

那个听了太多祖母的鬼故事，不敢走夜路，甚至在晚上睡觉的时候，要把脑袋躲在被窝里的小女孩，还那么怕黑?怕夜早有预谋的侵袭吗!

我小的时候是那么怕黑，不敢走夜路，甚至在晚上睡觉的时候，要把脑袋躲在被窝里。那个时候，听了太多的鬼故事，源于祖母的缘故。祖母的鬼故事太多，多得有些传奇，让我不能怀疑它们的真假。于是我常常恐惧暗夜里总有一双无形的手或者面目狰狞的脸会在我睁开眼的那一刻将我谋杀。无端地害怕，却又无端地纠结在某个故事的情节里，缠着祖母讲那些因拗不过我的追问而设计了无数个结局的故事。带着莫名的恐慌睡在祖母的身旁，在睡梦里惊声地尖叫，在次日的清晨里，甜蜜地回味故事的离奇，期盼在这一夜里有新的东西激惹灵魂。

夜，不尽是恐慌，偶尔会给生命一丝甜头，供记忆珍藏，在一点一点长大的岁月里，突然想起那个片段，是幸福的缩影。那是秋天的暮霭里，我安静地守候着墨色渐渐将村庄笼罩，我矗立在大门口的土路旁，听到一阵哒哒哒的马蹄声，还有父亲的吆喝声，母亲应该坐在装满玉米棒的车斗里，有一句没一句地和父亲搭着话，我能想象出父亲的样子，柔和的脸上打过一抹月光，似笑非笑的安详，扬起鞭梢儿，轻轻掠过马儿的脊背，那声音由远而近，于是我朝着那个方向奔过去，调皮地仰起头，看着我怎么也追赶不上的月亮，泛起了一个小小的疑虑，为什么我跑月亮就跑，我停月亮就停呢？我试图加快跑，折返回来或转着圈跑，那个月亮总是如影随形，恰恰保持着一份我越不过的清冷。父亲的马车近了，我在后面尾随着，就像我身后那只不离不弃的看家狗。"儿不嫌母丑狗不嫌家贫"，父亲是我的主人，亦是那狗儿的亲人，它和我一样被父亲的月光下的身影映着，恍惚在那一刻，它和我一样懂得幸福。现在想来突然觉得，一个美好的童年有快乐的玩伴，严父慈母，惬意于懵懂年少的自己被疼爱着、呵护着，幸福其实就是平安无事地过最平常的日子，埋一份期待在心底，眷顾未来，守望幸福。

某年某月的某一天，就那样孤单地漫步街头，猛然间发现自己已经远离了那个蛙叫虫鸣的福地，在一个钢筋混凝土铸就的世界里徘徊。夜，在昏黄的灯光下变得朦胧失色，让我再没有看看月亮的冲动，却忽然想起月光，和月光下的马蹄声。心突然隐隐地疼，一丝冰凉就滑过眼角。那些随着年轮老去的背影还在记忆里散发着青春的气息，惹人怀念，像是滞留在生命里的第一次爱恋，任世事变迁却无可替代。孤单的街口偶然碰到3路公交车缓缓在我身边停下，我不知道为什么每次我都要隔着车窗向里面张望，有一种莫名的臆想，一份期待，像是在等某一个约定，期望有一份欣喜会从车上走下来，即便我明明知道谁都不会来。我还在遐想，在慌乱的人流里，看着渐行渐远的车子，我默然转身。在熟悉的空气里呼吸，那份惦念却开始陌生，开始遥远，开始不安宁。一切都来不及再做准备，风，开始肆意风干我的眼角——思念是在揭快乐的伤！

把那些信件逐封读完的勇气到底还是被回忆打乱，我在回忆里幸福且疲惫，将柔软的思绪揉进一首班得瑞的曲子，让我记起一份牵挂，想把那份爱拥在怀里，然后眯起眼睛享受阳光洒在脸上溢满心头的幸福！

那些难以言说的幸福

1. 小女人

有人说我是小女人，我想了很多天，我认了。老公却笑了，反问我有这么大个儿的小女人吗？他这样的反问遂让我想起毕淑敏的一篇散文《素面朝天》。毕淑敏说，她郑重地写下"素面朝天"这几个字时，她的老公看着她的脸笑着说："你要将一碗白面皮，对着天空吗？"这是一句多么"素面朝天"的对话啊，却让我体会到了其中的幸福。我读完这句话一直在想，当毕淑敏的老公说完那句话时，毕淑敏会是什么样的表情呢，会用什么样的动作回馈她的老公呢？如此成功的女人也有她"小女人"的一面吧？这样想着就不免觉得，"小女人"是幸福的女人！

我不知道别人说我小女人的时候是褒或贬，不过没关系，我喜欢我现在20岁的心境，小小的满足，小小的虚荣，小小的自以为是，小小的浪漫天真，小小的怪脾气，小小的宽容……呵呵，还有，这背后就是我大大的幸福。我觉得一个人在情感上的缺失是任何辉煌的成就都无法弥补的，如果我的人生要以我这个小女人的幸福为代价去换取些许的辉煌和成就，那么对不起，我不要！这就是我的幸福观。

我愿安静地沉湎于我的幸福当中，任是是非非纷纷扰扰，且当全然不知！

2. 20 岁的心情

几多人笑言我还不曾长大呦！每每外出与人交往之时已是把自己装点得很是成熟了，还是在言行里露出了破绽，不免有些慌了，这样下去岂不被笑话成智力低下？开始上火了，开始审视自己力图改变。结果不过三天全都抛向脑后，为了家里的最后一个苹果和我几岁的儿子从沙发上打闹一直滚到地板上，最后被儿子摁在地上举手投降。我为我的失败而叫苦不迭，无奈老公只好从卧房里冲出来劈头盖脸地训斥儿子一顿："别欺负你妈！好男不和女斗你不知道吗儿子？"儿子听到这样的叱令，立马站起来抻了抻衣服说："女人最是不好惹，看在咱们家你为稀有的份儿上，走，老爸，咱俩看动画片去！"两人挽着胳膊走了，我悲怆地从地上爬起来，大喊一声："给我放《喜羊羊和灰太狼》！"

3. 长发情结

我爱长发，爱到不能释怀！从懵懂至今，我一直梳着飘飘长发。一般来说男人比较喜欢长发美女，而我走在街上对一头美发飘逸的女人也时常忍不住驻足回眸。我提到长发，就会想到一见钟情，想到一见钟情，就会想到长发飘逸的女子——柔情似水。

4. 你侮辱了我的微笑

我不知道那些讥笑里隐藏着谩骂，我还不知道那些谩骂里隐藏着愤怒，我更不知道这一切缘由为何？于是我一直在笑，一如既往天真无邪。

世界因此安静了几秒钟！

后来……

我不知道阳光怎么如此明媚？我不知道怎么突然收到你的劝慰？我更不知道你多云转晴缘由为何？于是，我一直在笑，越来越狂野……

一个人去看江水

当不痛快就那么肆意地堵在胸口，任由其疼痛，憋闷，甚至想哭却找不到一丝丝理由，我无处遁逃！喜欢独处的人，总会莫名其妙地孤单。心情时时别样，微妙得自己也说不清楚。

去看看江水吧！那传说中很美很美的嫩江湾！我去了，一个人。

从浓密的人流中我渐渐淡出，马路开始宽阔，心绪开始了别味地探索。有时候人需要放纵一下，信马由缰一回。抛开高楼大厦的遮掩，舍去无比奢华的喧嚣，找一寸净土，安静地找寻那不怎么真实的自我。束缚灵魂的东西需要一种安宁给予洗礼，就像这蔚蓝蔚蓝的天，是因昨日刚刚下过一场雨一样。

一路上好像想了很多很多，最后徒留一片空白，我记不起记忆里的一切。其实，忘记，又何尝不好？

沿路走着，漫无目的，只是随心所欲，只想随心所欲。这样的时刻真的不多矣！终于看到那江水，平静而微微颤动，一望无边，天突然很蓝很蓝、很高很高，透明而清澈。树木苍翠、挺拔、浓郁，欲与天公试比高，当视野辽阔的那一刻，心情豁然舒畅。所有的惆怅在大自然面前都过于渺小，所有的苦恼和疼痛在现实面前都异常卑微。

得活着，别无选择！

在僻静的幽林旁，若有其事又若无其事地坐下。石桌，石凳，还有缠绵的情侣。是微风敲开了我的心锁，撩拨着我的长发，释然了我耿耿的情怀……索性伏案摊开一张纸，任游人异样的眼光，信笔写来我刚刚还黯然的心情……

低飞的燕子抖动着灵巧的翅膀一次次调皮地掠过水面，成群结队，一高一低地跃来跃去，无忧无虑。如果生命可以自由选择，我甘愿做衔泥的燕子，冬南夏北地忙碌，任自然择物，平凡又没有争斗。

足足坐了一个上午，一个寂寥的上午，偶尔夹杂着丝丝鸟鸣。我不是来赏景的，是来躲避无法释怀的心情的。可我释怀了吗？这里只是很安静！安静得让我忘了尘世的纷扰还有那些我怎么也逃不开的忧伤——思念的结，向往的痛，憧憬的伤还有想忘而不能忘的过往……有风来袭，丝丝凉意沁满心头，如同思念围剿了久别的痛苦。不远处的车子里高声地唱出："我爱的姑娘就要嫁人了，可我依然依然爱着她……"呵呵，问君能有几多愁，恰似一江春水向东流！

辘辘饥肠唤醒了我回家的脚步。我原路返回了，和那些我抛不开的世俗！

宽广的街道，稀疏的车辆，我渐入人群，拥挤在繁华当中，我是那么微不足道又何其的重要！

心中有爱

飞舞于指尖的文字，许久没有弹落在这小小的屏幕上。是我的心情还好，快乐总是让我忘了自己，尽管很忙碌，还是珍藏着一个小小的幸福，让心在闲暇的时候静静地品味爱是多么美好的东西！心中有爱，就会拥有爱！

幸福是什么？幸福是被爱的人常常念起，是心里有一个常常念起的人！思念是一种苦中作乐的感觉，却也是一种被幸福包裹的温馨。

爱与被爱都充满了幸福的味道。爱，让人激情澎湃，使人血液沸腾，爱上一个人或许真的不必彼此拥有，只要心与心的相守已足够。

我们不知道爱能为一份感情在心里坚守多久，尽管很短暂，可毕竟曾经拥有！那份小小的幸福，是荡漾在嘴角的笑容，是埋藏在心底的甜蜜。不用刻意去想，却常常被记起，没有办法去逃避，怎么也无法忘记。

天凉了，你惦记他是否穿暖？他工作了，你惦记他是否劳累？他生气了，你惦记怎么把他安慰………

互相体谅、互道关心的感情才能持之以恒。因为有爱，你才会记起对方，时常记在心上。你的快乐，你的痛苦，你的不为人知的所有的事情，你都愿意与之分享。你看不见他，会想念，会失落，会努力地想知道他在干什么，会不会也在想你！这一切都是爱的证据，不必妥协，让心跟着感觉走！放开你的胆量，去追逐你想要的幸福！爱是用缘分为之注解的一份感觉，我们相信缘分，就不会让爱擦肩而过，我们不相信缘分，就注定孤独厮守！

相遇的人是有缘人，不是每一个相遇的人都能相爱。为相遇的人举杯！让相爱的人珍惜！

相爱又何必许诺？谁能保证沧海不会变桑田？珍惜拥有就好，把握现在最可贵！太多的承诺会让爱成为负累，当我们的心里装了太多的浓浓爱意，它已经超负荷了。我们想为对方做的事太多，却没有能力做得太多！所以相爱的人习惯了许诺。可是那三言两语又能解决什么？或许只是发自肺腑的一句不经意的安慰，能做多少就做多少吧！别让心累！

爱其实是一个多么广义的字眼儿，世间所有的感情：亲情、友情、爱情……都要用充满爱的心去包容！我们花去了大部分的文字用"爱"，去诠释"爱情"，这说明什么？我们存在心底深处最美好的、最让人翘首以盼的是爱情！

爱是美好的东西，请珍惜爱你和你爱的人！让美好不要成为瞬间，让瞬间成为永恒！

大药瓶子

看过《北京爱情故事》的人一定都知道，林夏喜欢程峰，但在程峰眼里的林夏是这一辈子的哥们儿，却不会是老婆。在林夏为感情颓废的时候，遇到了股王邵华阳。邵华阳喜欢傻乎乎的林夏，为林夏排忧解难。林夏给他起了一个名字"大药瓶子"。

"大药瓶子"的寓意是，林夏所有的烦恼只要到了邵华阳那里就会化解。

其实每个人心里都有一个"大药瓶子"，不论你是男人还是女人，每一个人也都需要一个"大药瓶子"。人生苦短，毕竟不能天天如意，毕竟我们有一些想说却不该说的话需要有个人来和我们分担，陪着我们一起降压。

在我的世界里，也有人一直为我充当着"大药瓶子"的角色。我有时会莫名其妙地忧伤，朋友会打来电话开导，开导我的时候，我并不是每一次都很听劝。偶尔，我会很烦，烦他啰里吧嗦，没完没了，反倒斥责他多管闲事，武断地挂断他的电话。

不痛快了，或者有些难以言语的苦楚压抑在心头，总会想到谁会和自己心有灵犀，谁会在这一刻突然问候自己，然后自己满怀感激，甚至会感动得一塌糊涂。其实有时候想一想，并不是每一个人都有耐心去留意你的不痛快，更不是每一个你关心过的人都一定要在意你。

就像林夏对程峰，也像邵华阳对林夏。

平淡生活

还记得那部电影叫《一个陌生女人的来信》，那封长长的信饱含着一个女人的眼泪，一生的眼泪。那泪水在孤单的思念里卑微地流淌着，伴着为爱而熬干的心血，退却，隐忍，甚至苟且存活，从来没有人在意过。她只是陶醉在自己的一厢情愿里，自作多情，自以为是，终于自取灭亡。

刚刚为海岩的《平淡生活》流过眼泪。整整三天，我把我所有的空闲全用在这本书上。那个叫优优的女孩和那个写信的陌生女人是多么的相似。海岩在书中质疑，如果不是亲眼看见优优的一切，他绝对不会相信，这世界上就是有这么一款爱情，一个女人就那么默默地爱着一个男人，即便那个男人一无所知！

一个人的爱情使爱情的意义变得沉重，套上了某种无谓的枷锁，像是躲在幽暗的角落和一个人偷情，无法光明正大，无法正视这个世界，让本来的美好跟着面目全非。

电影中，那个陌生的女人死了。感谢海岩的手下留情，他让优优活了下来。那个为爱情，为了 14 岁时见到的那个帅帅得有点像韩国明星的男孩周月，在六年的时间里演绎了她一生的悲壮。

她活了下来，我却突然被一团莫名其妙的东西塞住了胸口。那个她深爱的人注定不属于她了，她为他失去了她的率真，失去了她也许本该有的安逸，生死关口，为了区区几百块钱无奈卖掉了自己的少女之身。是的，命运真大，而天下真小。造物弄人，人在屋檐下……

而女人的悲哀就是常常躲在感情的屋檐下为某一个人莫名啜泣，某一个人经过时还要莫名其妙地问一句，你怎么了……天又晓得女人怎么了？

留一缕青丝给自己

许是从医的缘故吧，我是极度不忌讳"死"这个字眼儿的。"人生一世草木一秋"。看惯了生生死死，就知道终有一天自己必然会走上那条路，一种自然界的规律，你愿不愿意它都会不期而至。

偶闲，在网上点击了一个测命网站，输入自己的姓名和生辰八字，就跳出了预测的结果。那上面大意是说我，性格温和直率，有理性，善计谋，喜静，温厚中带有华丽气质具有不屈不挠的精神；人生属渐进型；一生体弱多病，68岁寿终。过目后仔细揣酌，俨然有那么五六分相似之处呢。只是若真如其所说68岁寿终，那么我的生命还有大约40年的路程。

掐指算来，再过大约40年，我的父母也不会健在了，那么我的离去也将因此而坦然许多吧？再过大约40年，我的孩子也该有自己赖以谋生的工作、一个相濡以沫的妻子了吧，那么我的离去也不至于因此而太过遗憾吧？

笔落至此，方觉得，人不是畏惧死，心里纠结的不是害怕，而是不舍！

不舍得自己走一遭红尘在这里留下的牵牵绊绊，或亲或爱，哪怕是怨恨和愁伤。人若能死得无牵无挂，于人于己何尝不是一种快乐的安慰呢？

我若死了，若是无牵无挂，那么我希望闭眼之前我能意识清醒地记起我留下的那缕不曾老去的头发。

读迟子建的《落红萧萧为哪般》，她说："一个人的青丝，若附着在人体之上，岁月的霜雪和枯竭的心血，会将它逐渐染白；而脱离了人体的青丝，不管经历怎样的凄风苦雨，依然会像婴孩的眼睛一样，乌黑闪亮。"就是看过这句话，我决定剪下一缕青丝给自己的！我非萧红，不会在香消玉殒若干年后，有端木蕻良那样的男人珍存她的一缕青丝，为她背负世人指责感情上的辜负而失声痛哭。所以，我珍藏一缕青丝给自己，待生命终结之时，把我的青丝和我的灰骸一同安葬。

我曾想过两种安葬自己的方式，一种是不必安葬。生命本来就是沧海一粟，如不能抛给岁月去自然蚕食、分解，那就把我所有还健全的组件全部贡献给需要它的人，让一个曾经健好的整体分开去存活，就像我的灵魂得以延续；另一种是如果我的躯体已再无价值，葬我时我不要棺木，哪怕是上好的也不要。若有人还会为我而哀伤，为我的辞别而寡欢，怀念昔日共处之快乐，那么就用我生前备好的漂亮的花盆，装一捧我灵与肉的灰骸，掺于肥沃的黑土，为我种上一株玫瑰或百合吧。我会用我残存的柔情将其滋养，待到花满枝头，看花之娇艳，必是我重生的笑脸。要留一捧灰骸给自己的，放就一个花瓶里，再置入那一缕青丝，给我一棵能遮阴避雨、可以依靠的老树，一抔黄土盖我于树下。足矣！

不知道老死之前的我还会不会因曾眷恋过某一个人而激情澎湃。

或许卧在摇椅里静静地回首往事，依稀还记得在某一段流年里我为谁人而感伤。如果那时我的爱还同现在一样具有生命的活力，我会不会勇敢地背叛世俗的眼睛？我要对他说，剪一缕头发予我吧，哪怕斑白、枯焦，缠附我的青丝之上，用红丝带打个同心结，一同置入那个未来将装有我灰骸的花瓶里，待我到另一个世界里与之相伴，祈祷来世能相偎相依。

或许我卧在摇椅里，怨恨自己曾经是多么不勇敢，懦弱得不敢承认爱和被爱，就那样蜷曲着、遗憾着，终老……我开始在心里默默地向某人忏悔，被岁月侵蚀过的苍老的面容沾满泪痕，道歉自己不能和执着于我的人走过今生亦不能向他许愿我的来世。如果那一刻我可以为他曾经爱过我做点什么，就分一缕我的青丝给他吧，让它睡在他百年后的枕边，在夜里幻化成我的影子，陪他的灵魂在梦里度过凄凉。

或许，我卧在摇椅里，惦念着那缕青丝，我反复地唠叨我的儿孙，我不顾即将老死的尊严，我说，我曾经爱过，那爱的始作俑者已经先我而去了，他若葬在山脚下，就把我的灰骸、青丝装于花瓶，葬在山冈上，任风吹雨淋，我俯视着他；若他葬在山冈上，就把我的灰骸、青丝装于花瓶，葬在山脚下，任海枯石烂我仰望着他。

或许，我就那么安然地卧在摇椅里，什么也不去想，因为什么也想不起来，连那一缕青丝也忘了。只听得有情人说笑，看儿孙满堂，等自己终老。而后，谁人翻出那缕青丝，不懂其中情意，随手丢入风中！

谁又说得准呢？

感冒也幸福

先是毫无由头地冷，冷得颤颤发抖，然后开始头晕，紧接着就鼻涕一把泪一把，喷嚏连连。一直没在意，以为自己很勇敢，完全可以和这场病毒抗战到底，胜利在握。

一周之后败下阵来，前胸后背疼得连大气都不敢出。去医院拍了一个片子，目瞪口呆，肺部有大面积阴影，严重感染。

整个人颓废了，意志顿时薄弱了。回到一个人的家里，打开房门，一种空荡荡的感觉突然袭来，坐在沙发上，承受一种落寞和孤单。好想有人问候我，关心我。

忍住满身满心的不适，弄不清楚自己是怎样的心理，支撑着在网上发了一条微博，说自己病了。大约过了一个小时，一直到以后的很多天，朋友的电话接踵打来。Z说，打针了吗？吃的什么药？W说，多喝水，多休息！Y说，用热毛巾敷头，喝点姜糖水。L一天两个电话关注康复进展……

人生的幸福就在于你不经意间就被别人记在了心里。感动的力量竟然让我觉得感冒是一种幸福。人有的时候是那么希望自己被需要，被自己在意的人需要。希望朋友们感觉到自己的存在，不被忘记的孤单。一次小小的病情竟然牵动尘封多年的友情，这时候才知道，不是谁忘记了谁，只是藏在了心里面，一直在默默想念，默默祝福。

感动溢满心头的时候，一张张朋友的脸，亲人的脸、隐没在心里的脸，都晃动在眼前。散去了病痛的折磨，温暖将孱弱的病体紧紧包裹。人难免有脆弱的时候，所有的隐忍到了不能承受的极限，就渴求有一种力量来支持，而这种力量就是希望，就是坚持下去的勇气。

想起很小的时候，感冒了，母亲就让我枕在她的腿上，用白酒搓我的额头，用嘴唇吻我的脸蛋儿，夜夜陪护在我身边……

谈恋爱时，感冒了，有了小小的不适，喜欢有气无力地带着几分憔悴在他面前撒娇，看着他小题大做，紧张地带我去医院，把自己的外衣脱下来披在我身上，然后我坐在医院的走廊里，没心没肺地吃他买来的冰淇淋……

如今，母亲已不在身边，他也远走了，简简单单一个人的日子在这样的感冒里企盼被在意，温暖的时候，忘记了疼痛，有泪就溢了出来，原来病了也是一种幸福。

翟妍的火车

踏着晨雾，从老三那里回来。早晨六点的火车，还沾着昨夜的露水。二号车厢的下层，意外地只有我一个人。车厢里残留着夜晚未醒的寂静。

喜欢火车那种不急不躁的平稳，也喜欢火车在自己的轨道上不厌其烦地来来往往，有始有终。坐在火车里摊开一张纸，握起一支笔成了我乘火车的惯性动作。靠着窗，随意写下脑子里那些偶尔蹦出的不成形的东西。

没有大事不出门的我第一次什么也不为，只为看一个人就不顾一切地跑出去。她是老三，三年里出了五部长篇的一个单身妈妈。几十年里，她执着地码字，只为喜欢码字而码字。我常常想，一个女人是揣着对码字怎样的热情，熬过一个又一个漫夜的凄凉。如果没有那份执着，如何能忍受青春最美的年华在时光里默然流逝？

车窗外，粗犷的北方大地在这个 5 月里依然光秃秃的，没有一丝生气，只有几棵傲慢的白杨孤单地绿着。天灰蒙蒙的，蒙着一层雾，又像是在酝酿一场雨。一如我沉浸在刚刚和老三分别的忧伤里，那种一时还不能释然又说不清楚的心情。

我是一个执着的，有点固执，又带着几分傻气的人。从来不后悔我认定的，从来都相信第一眼看中的就是最好的，也不否认这世界上还存在一见钟情，包括女人对女人的一见钟情。就像我不管老三喜不喜欢我都一如既往地惦念着老三。

然而执着又是什么呢？我有点茫然于我的执着。是不是就像我宁愿放弃高速快捷的柏油路，而宁愿躲在火车里，眼睁睁地看着我的心和火车一起穿越一片原始宁静的腹地，去感受和贴近我更向往的地方？

有那么一秒钟，我开始后悔，后悔的时候想琢磨出见与不见到底能使自己如何？孤单一秒钟在我的骨缝里蜿蜒着把我包围，让我觉得这是我一个人的火车。火车却又在这一刻停靠在了一个站口，二号车厢下层一下子拥挤不堪，可是有些繁华却永远陌生，永远不会让你心动。我宁愿沉浸在我的凄惶里，感受一份落寞的心境，感受别离带给我的感伤。

那时那刻一个人在火车上守着一份静默，忽觉得这一辈子总会有一个，最多也就两个三个和你毫无关系的人让你牵肠挂肚；让你一想到他们就会觉得离别真的不是一件好事情。

可是尽管如此，谁又能保证，下一次我还是不会拒绝为了看某一个人而不顾一切就跑出去的那种心情呢？

温暖的承诺

　　这个冬天的第一场大雪，如漫天飞舞的棉絮，从昨晚洋洋洒洒到今晚，依然还没有停下来的意思。

　　傍晚，手握电话倚窗而立看这场风雪，突然想起朋友李。李下乡去了，去了快有一个月。挺惦念他的，怕他受不了这场风雪带来的强烈刺激，或是感冒了，或是下乡的时候没有带足衣服，把自己弄得饥寒交迫。当然，我知道这样的担心有点多余，那么大的人了。

　　电话还是情不自禁就拨了出去。响了一会儿，我又挂断了，突然想起上次这个时间打电话，李已经睡了，他说白天工作量很大，太累了，于是有点不忍心，我怕吵醒他。

　　几分钟以后，李的电话拨回来了。他先是说："我去安排工作了，手机放在了办公室。"接着又说，"你猜刚才我在想什么？"

　　"你在想什么？"我问。

　　"我想这场雪太大了，明天会骤然降温。你应该和你季姐（我和李共同的朋友）每人去买一双小靴子穿。就买那种很漂亮的，外面粘着兔毛毛的……"李在电话那头绞着男人的脑汁形容他印象里女人鞋的样子。

　　"哈哈，什么意思？您老人家要给我们报销吗？"我开他的玩笑。

"当然！不给报销我说它干什么？你们两个是平时最惦念我的朋友，一直说今冬要送你们一份特别的礼物守护着你们，可是想不到送什么，看到下雪了，觉得机会来了，可以兑现承诺了。"李在电话那头坦诚地说。

一阵感动袭上心头，让我在这场雪里，突然心头一热，感觉所有的冰冷都在瞬间消散。这个冬天注定是温暖的，因为我拥有了一个温暖的承诺。

在这个世界里，男人和女人之间还有多少纯粹的友情？我，季姐，李，我们之间是两个女人和一个男人的友情，可我们在一起的时候更像是三个女人，或者我们更像三个男人。交流的时候，我们常常忘了自己的性别，用我们自己的话说，是很铁很铁的那种朋友关系。我们开诚布公地面对我们的友情，我们对彼此的关心惦念，就像对待自己最亲最亲的亲人，不虚伪；送礼物的时候，也是最先考虑到是否贴心，是否实用，不形同虚设；而不是先想那些男女有别，授受不亲之说，也不去想男人该送女人什么或者不该送什么。我们之间只有发自内心的真感情，没有男人女人。

撂下电话，把李和我说的话原原本本电话传给季姐，季姐在电话里哈哈大笑："这李，真有心！我今天去逛商场的时候，看到一条男士的围脖，给他买了一条，乡下一定不比城里暖和。"季姐不无担心地说。

……

窗外，街灯闪烁，雪依然在下，一边下，一边化了。手机来了一条短讯，李的。李在短讯里说，这雪站不住，边下边化……

站台

不敢提及站台，因为它对我意味着离别。记得我和我的爱情在那里分手；也记得我和我的亲情在那里道别。

1

那年也是这样下着雨，宇去了南方。宇拖着长长的拉杆箱子走在迷雾一样的毛毛雨里，我跟在后面。被雨淋湿的刘海儿倦沓沓地趴在我的额头上，淌着水溜儿，混在我的眼泪里。

人流不息的站台上，宇不停地说着，不停地讲着笑话。他好看地笑着，指着人群说："看看这么多的女人，就没一个漂亮的。你要能和我一起走多好，有你在，我的旅途不寂寞。"我被他逗笑了，眼泪还在不停地流。

宇是去南方工作，而我注定不能离开北方。我知道这场送别将是我人生中一次刻骨铭心的泪眼相望。

检票的时间一秒一秒地挨近了，宇沉默了。他来回拉动着拉杆箱子。"回去吧!"他低着头小声说。我说"嗯"，但我没动。他再说，我依然说"嗯"，依然没动。

列车缓缓启动了，宇把手伸出车窗外，拉着随车奔跑的我，他哭着说："妍儿，我一定回来娶你!"终于我的脚步追不上车轮的速度，宇离我越来越远了……那以后，我偶尔在电话里听到宇的声音，后来宇没了消息……

2

我小的时候，母亲没进过城，因为我在城里工作了，母亲才会偶尔来。母亲每次来看我，都要把小园子里的青菜挑最好的摘给我。母亲喜欢坐火车，因为火车比客车便宜。每次我都不忍心送她走，我担心鲁莽的人群会挤坏了单薄的母亲；每次母亲要走的时候，禁不住母亲怕误了车次的唠叨，我们总是要提前去买票，坐在候车大厅里等车，我和母亲对着形形色色的人猜他们的身份和脾气。

母亲时不时地看大钟，既担心过得太快，又担心误了我上班的时间。分别总是会在某一刻到来，我开始嘱咐母亲上车先找座位，抓紧自己的包，不要和陌生人搭话，不要在车上睡觉。母亲却满是不舍地看着我，她说："你回去时走路要靠边，城里的车太多，你爱胡思乱想，走路的时候不要想事情，不要惦记我。"

我要买一元钱的站台票送母亲穿过检票口，母亲不舍得，说什么也不同意我看着她上火车。我隔着大厅的玻璃窗看着母亲颠簸的脚步走上站台，笨拙地爬上火车。她拐入车厢的时候，总要站在窗口探出头看我还在不在。如果看到我向她挥手，她就坐下来，不管别人怎么看她，她大着嗓门喊："快回去吧，路上慢点……"列车开走了，拥挤的大厅宽敞了，浓密的人群稀疏了，我的心空落落的，像是被谁掏去了灵魂。一转身泪眼朦胧，我想我要是有很多很多钱，我一定要我妈享尽这世上的荣华富贵。无论我回报她多少，她都是我这辈子对不起的那个人。

一天，我走在蒙蒙的细雨中想，站台不单单意味离别吧，即便走了的也还有重逢的机会，早晚。

没见过世面的人

　　我的小说有很多时候都是我臆想出来的，以前写过很多篇农村题材的中篇小说。在那些小说里面，我喜欢用我生长的那个地方人物的名字，因为只要我的文字一沾上他们的名字，所有的故事就会灵动起来。

　　我一开始不知道这是为什么，后来我听到别人半开玩笑似的说我是"没见过世面的人"之后，我静下来慢慢地总结我自己，我确信那人说的是对的！我真的没见过什么世面。我 16 岁以前没离开过我的村庄，那时候站在我家的西山墙下望着最远处树林的暗影，觉得那就是天边，那里一定就是天堂，那里一定比我生活的地方要好，可是后来我长大了，坐着长途客车从那里路过的时候，我才知道那只不过是离我的小村子仅仅 20 里路的地方，和我居住的地方一样，一样地在贫瘠里孕育欢乐和苦痛。

　　我见过的最大的官是村长，觉得这世界上最有成就的人是我在税务局上班的叔叔。我不知道奸诈是什么，我认为我能做到的最狠、最恶毒的事就是一转身一个人生闷气去。后来我遇见过很多自认为高人一等的人，他们钩心斗角，精于算计，小肚鸡肠，自以为是，而在我的村庄里，我所有的乡亲们就算他们一辈子绞尽脑汁、费尽心机也是和我一样，不知道奸诈到底是什么！我们携带着同一种基因，那就是质朴和真诚，像未加雕琢的玉，带着浑然天成的美。

那一刻我才知道，那些陪伴我走了二十几年的纯朴的人们，已经深深地扎根在我的心里，我爱他们，是 30 岁以后在城市的繁华里所认识的那些故作高深的高人们所代替不了的。我对那些城里人既不仰视，也不欣赏，我不膜拜他们，因为我不爱他们，怎么也爱不起来。

我还记得我 11 岁那年，我妈妈领着我去姥姥家，回来的时候路过一座小县城。那天妈妈心情很好，领着我进了一家百货商店，商店的墙上挂着一条雪白的裙子。天性使然，我爱白色，我对着那裙子垂涎了。妈妈随着我的目光望过去，指着墙上的白裙子问多少钱。售货员说，40 元，也许 60 元，我记不太清楚了，总之，不管是 40 元还是 60 元，对我妈妈来说都是太过昂贵了。妈妈很想那裙子能穿在我的身上，试图和人家讲价，可是妈妈一张口就遭到了白眼，我永远忘不了那个女人脱口而出的那句话："土包子，穿不起就不要问！"我怯怯地牵着妈妈的手走了，在以后的很多年里，一直到结婚之前我所有的裙子都是白色的，我要用这白色祭奠那种不屑一顾的侮辱，永久的，一生的。如果有来世，我也不会忘记！如今很少穿白色的裙子了，但是我还是喜欢白色，喜欢白色的衣服、白色的裤子、白色的纱巾、围脖……我不放过白色，它是那么的纯净，却在我很小很小的时候就成了我心灵上的一个黑点。我忘不了这白，这痛彻我心的白啊。什么时候我要在这白的上面绣出一朵绚烂的花来，让它们开遍我家乡的田野，让我的乡亲们、我的亲人们，笑得如花般灿烂，从此幸福安详！

也许再让我回到过去，我已无法再融入他们的生活，可在城市里，我也无法融入那些所谓的高人的生活，于是我有了我自己的生活，我用平视眼光去看那些所谓的高低贵贱，我既在其中，也在其外。

我小说中的大美、四苗条、电工庆光、二鬼、六子、玻璃花、信生、信和、胖婶、大偏……在我的村庄里，都真真地印着他们的影子。我真希望有一天他们也会在我的小说里生出根来，在我的笔漫过的地方，结出果子来，让更多的人尝到他们的香甜，香飘四溢的时候，也是我的小说遍地开花的季节。

叶落 2013

9月21日

　　人，经历的越多，内心就会越复杂，我们往往会在乡野丫头的眼里看到最无邪的东西。一连两天看了很多苏伟老师的文章，感受到了一个悲悯的、向下的、真真正正的学者情怀，就像看到了自然的、本真的东西，让那些隐藏在内心的虚伪连露头的勇气也没有了。

　　李敖骂人尖酸刻薄、酣畅淋漓，听着也是很痛快的很佩服他的毫不掩饰，我觉得我自己活着总是遮遮掩掩的，缺少那些袒露内心的勇气，连灰太狼也不如了。灰太狼说，我会回来的，是绝对真诚的；而有的时候，我们说再见，却只是为了虚伪地掩饰，也许根本不想再见。

　　当我们面对一个人的时候，很难穿透一个人的内心，就像毕淑敏说的，人到了 30 岁以后就很难再交到心心相知的朋友。要说真诚，还是文人的内心更趋向于真诚和坦然。

我想告诉自己，尽管人生充满变数，不管发生什么也要保持自己内心那些不变的永恒的东西。就像爱情，爱是一支穿越红尘的箭，这是谁说的？说得这般好，一下子就穿透了我的心。它让人性的种子一旦落入这块土地，便开出了人生的奇异之花。

我不会因为哪些明星离婚了，就不再相信爱情，只要我爹还会坐在炕头唠叨我妈，我妈还会拿一粒瓜子去丢他，我就知道，这世界一定有真爱。

9 月 22 日

我恍然发现那些隐在内心深处的猜疑、不信任，突然就会蹿上来，把本来的平静折腾个粉碎，让自己也在那气焰下焚烧了。

如此，美好的都不再美好了。

矛盾和间隙就在这一刻裂成了难以跨越的沟壑，和昨天的欢颜笑语并存。

很累，累到想把什么都忘记。

很折磨。恍惚间这世界除了苦痛就再没了别的。

是听到了、看到了那些自己痛恨的东西吗？我为什么害怕听见又害怕看到那些我自己以为痛恨因此而去逃避的东西？

害怕？我没想到自己会写下"害怕"这两个字，原来是"害怕"在作祟，是内心的胆怯和懦弱、那份与生俱来的不自信，使我不敢迎上去。面对挑战，我竟然如此害怕。

这不应该是我！坦坦荡荡地接受、豁豁达达地放弃才是我的性格。

可是那个我哪里去了？在哪里迷失了？在哪里被自己弄丢了？

要怎么样才能找回它？那个自我！还有那份只有自己才能给自己的信心和勇气！

昨日，偶然在脑海中一现；又一个昨日和那一个昨日交织着，成了痛和爱，成了冰和火，成了我不能将其容纳又不知该如何舍弃的结果。

就在矛盾和矛盾撞击出火光的时候，我看我自己其实并不是什么善良的人，只不过是我把我的恶掩饰得很好。我控制着我的恶，我的恶还不能支配我，更不能引领我，那样我的善良就被显露出来了，带着胜利者的狂妄，变得比恶还要恶！让我自己也看不清自己哪些是伪装的，哪些是肆意滋长的！

有些东西怎么也改变不了。

记忆就是烙铁。

它红着的时候，轻而易举就可以随处留道疤。

有些疤在心上，有些疤在比心更脆弱的位置。

有夜风来袭，窗台上的尘土被带走了一片，又落下一层。

可是记忆就那么固执地守在原来的位置，一动不动。

9 月 23 日

夜晚来临了，窗外的马路边上，亮起了摇曳的灯光，我趴在窗台上看着那好似要枯萎的灯影里倒映着行人怪异的影子，我觉得他们像是午夜里爬出来的鬼，满身都带着可怖的气息。

身体有了小恙，我给自己打了吊瓶，是因为我还不想变成鬼。自己把针头探到自己的静脉里去的。说实话，第一次没有成功，昨天也是这样，扎了两下。因为总是对自己不够狠，怕疼，所以不能一针见血。不能一针见血有时候不是好事情，要遭二茬罪，二茬罪其实往往比第一次更让人不堪忍受。但二茬罪往往又是自找的，所以只能咬着牙挺着。

阿牛坐在我的身边唠叨《人民文学》近期发了三篇小说，语言和意境都相当好，嘱我一定要读一读。我突然涌上一种心酸，因为我没有足够的勇气去面对前方的路。要写，也要活着，首先是要活着，活着就有无数的荆棘和磕绊阻在路上，想穿越这些阻碍，要有足够的豁达并足够的乐观。

阿牛还坐在我身边唠叨着最近两个月单位可能开不了工资的问题，我当即就有不痛快从心里冒了出来。年年这个月都最难熬，水费电费日常开销就不说了，上网费到期了，房贷月月还，冬储开始了，取暖费也开始催缴了，换季的鞋子衣服，还有冷不丁就冒出来的随礼份子，排了一长溜儿等着要钱，打针吃药都得算计着点到为止。两个月不开工资，还让不让人活？

这还不是最要命的，最要命的是，我失业了，在半年前，由于身体的缘故失业在家，整个是靠这个男人养活我。他两个月不开工资，意味着这个家的经济处在了严重的崩溃瓦解状态。

我曾经有那么多美丽而浪漫的幻想，都因一个钱字而变得失望自卑，灰飞烟灭。

"有一家诊所在聘护士，你想不想去做？"我知道他这样的发问不是在征求我的意见，而是想听到我的肯定回答。我说去，泪水就下来了。人永远不能做自己最喜欢做的事，因为要拿出更多的时间去谋划明天该怎么过。

这让我总是想起萧红。

想她的生，想她的死，想她的死而复生。

夜黑透了，黑压压的云层要把路灯压得窒息了，我拔掉针头，走上了鬼魅的街，我的影子也怪异起来了，游移着，变了形状，时而臃肿着，时而细长着，像中了魔鬼的蛊，痛苦地挣扎。

这里不是我的天堂，亦不是我的地狱，我在天堂和地狱的接口处，煎熬着。

我阅览了无数个街头广告，只想让自己活得离天堂近一点，至少要保证明天的饭碗不是空的。活着，对于我，只剩下如此简单的本能。

深夜 12 点，没有星光，就注定没有一个好的兆头。是的，我失望而归。所有的倔强和高傲都在现实面前委顿了，我的头低得不能再低了。在黑夜里，我的额头碰在了地上，间或有一抔泥土在我的泪水里潮润起来。

上帝关了我所有通向希望的门，连一扇小黑窗户也没舍得为我开。

我跪在地上看着天，阴云密布，八月十五刚过，我却找不到那轮满月。

感谢命运给你重来的机会

有一句话说，不是每个人都有机会站在当初的十字路口。想想这句话是有道理的，机会不是总有，来的时候你要抓得住。这样想就想起一个很幸运的朋友，他曾经感慨地对我说，人生其实有许多次选择的机会，每一个机会来临的时候都是把自己推向了一个十字路口，不同的方向指出了不同的命运，是好是坏那要看你往哪里走。

老公说他人生中第一次面临选择的时候他 19 岁，高中毕业，并没有考上理想的名牌大学，那一刻他犹豫了。父母都是六十多岁的人了，靠着养几只羊种几亩地勉强把他供到高中。没有考上名牌大学就意味着将来找不到好的工作，所以接到普本入学通知书的时候，他想放弃了，那样父母的日子也好过些。可是就当他决定放弃的时候，别人的嘲讽也随之而来了，说他只会念书，不会种地，将来娶媳妇都费劲。一时间他陷入了尴尬的境地，觉得父母苦心供自己念书，自己却没有让父母因此而获得荣光。次日，他揣起入学通知书毅然背起行囊，开始了半工半读的大学生涯。

四年大学毕业以后他回到了自己的家乡，做了一名乡村小学教师，风里来雨里去，寒来暑往，从未耽误孩子一节课，一晃就是十年的时光。十年的时光里，他多次被评为骨干、先进、模范。十年的时光里，他默默地用他挚

228

爱的文字写出了无数篇质朴的文章和感人泪下的小说，他用自己微薄的工资买信封购邮票，悄无声息地投稿子，夜以继日地期盼着回音。

终于，老公的文章在大大小小的报纸上、刊物上抛头露面了，他的好事也接踵而来了，这也致使他又一次站在了人生的十字路口。市里的宣传部看中了他，他原以为自己这次可以凭借着多年来努力工作的结果像鲤鱼一样完美地一跃。没想到宣传部下来考察他的时候，校长却直言不讳地说了一句："我们教育体系就缺少这样的人才，这样的人才我们学校是要重点培养的，是不会轻易放人的。"于是梦想泡汤了，他感觉他的前途被蒙上了绝望的色彩，所有的努力都变得徒劳。他甚至恨这个毁了他前途的人。

然而他并没有因此沉沦下去，沮丧过一段日子，他的笔变得更加沉实了，写出的东西更加富有生命的本色。他不再图改变什么了，只因热爱，只因写作已成了他生命的知己。

又过了五年，市里的一个法制单位听说了他，急需他这样能书能写的人才，强烈要求破格将他调到了一个司法部门。这一次他几乎没有遇到任何波折，一切水到渠成。这个时候，他已经是一个快40岁的人了。但是谁也没想到，快要40岁的老公满腹欣慰地说了一句："我原以为，错过了一次机会，好运就再也不会光顾我了，没想到五年之后上帝又为我把关上的门打开了，而且不光打开了，还给了我比上一次更充足的阳光和雨露。所以我感谢命运又让我有机会站在了生命的十字路口，让我还是看到了只要努力，不管是早是晚，都会有一个完美的结果。坐等下去，就算机会来了100次，也永远不能成功起跳。"

安静地遐想

午夜，让一切喧哗都沉寂下来了。我靠着窗，看着路灯下宽敞了的街道，幽幽暗暗，只有风在孤独地游荡。

在这寂寞的夜里，我该和自己说什么呢？倾吐我的思念，或者将我的思念安葬在心灵的坟场里，永不再提及。好吧，关于思念，我选择缄默。

孤单这一刻，我发现人会在一种遗忘中选择放弃，固执地说着违心的话，明明不想说再见，却那么不诚实。

该走的还是不要刻意去挽留了，命里注定不属你的，付出再多，结果终究是难过。欺骗是这世界上我最不能容忍的恶意中伤。

我告诉我自己，无论发生什么，要冷静，要保持一颗透明的心，善良即便被利用了，但自己不愧心。

对别人的好，没看见或者不被领悟的时候，就拿回来，悄悄地揣回口袋里，就像一块糖没被别人舔过那样保存起来，就当是这世界上最珍贵的收藏。

捡拾记忆的碎片

——2014 年吉林省首届青年作家学习侧记

6 月 22 日 星期日 晨晴

初到异地的缘故，早晨四点就醒来了。醒来后却再也睡不着了，索性爬起来，梳洗完毕，小心翼翼地溜出房间（因为同屋的宇婷还在睡觉，我不想吵醒她），我要独自去跑步。

这次来参加省文学院的青年作家高级研修班，住在净月潭附近，地理位置好，树很多，杨树很高，松柏也格外地挺拔，有梓树的香气在空气里回荡，那些我不知名的树木也是长成我从未见过的茂盛。

宾馆前有一潭湖水，清可见底，有鱼在水中欢快地游动。绕湖有一条长长曲曲的栈道，被树丛和杂草掩映着，走过去有种通往幽处的感觉。

置身于此，清晨若不走出来呼吸这里的空气，实在是浪费了。

昨天中午入住的时候，不经意间发现宾馆大门外的松林里有一条砖砌的毛毛小路。从宾馆里出来，我沿着小径一直往前跑，两旁长满了斑驳的杂草。杂草中间偶尔生出一只野花来，满眼的绿意里突然就有了几分惊喜，风景无处不在。

再往前走，松林渐渐严实起来，方才还可看见高速公路上来往的车辆，这会儿却只能听见它们呼啸而过的声音了。渐入柏林更深处，杂草更见葱郁，时时缠住脚踝，小路被遮掩得牵牵绊绊。接踵擦肩的树叶把阳光遮挡在幽暗之外，我在清凉的树荫里忽觉有种大雨将至的情形，竟然陡然生出怕意来，怕从那茂密的野草里突然蹿出一条蛇来，或者猛然跳出一个邋遢的野人横在我的面前……哈，这样一想，全然没了前行的勇气，迅速掉头，狼狈地原路逃了回去。

从密林里钻出来，阳光大好！用手机敲了上面的文字。看看时间，早餐就要开始了！上楼去叫醒宇婷，明天我将继续探险，但愿有人与我同行！

6月23日 星期一 晴

身体里的生物钟定格在昨天那个早晨醒来，午夜被一通电话吵醒，将近天亮时又被一只在耳边嗡嗡直叫的蚊子吵得睡意全无，总担心再睡去时会被那一只我一直没有打死的蚊子突然袭击！

我怕蚊子，比小时候怕我妈还怕它！因为我一旦被蚊子咬到，就会在它咬过的地方出现小面积的溃疡，一个小包，会反复刺痒，至少半年才好。所以，为了防御敌人的偷袭，一直高度警惕，也就再也回不到香甜的梦里去了。

干脆爬起来写日记好了。

22日，我们举行了开班仪式，听到的第一节课是阎晶明老师的《小说性和戏剧性》。阎晶明老师有几句话让我记忆深刻，一句是古代的文人比我们今天的文人要率真诚实得多！另一句是写作中你坚持了自己的那一小部分，也许就是成名的大作品了！还有一句是有的人跑得很快，却把文人最基本的东西丢失了！其实这样不经意间就给人启发的句子从阎晶明老师的嘴里还说出了好多，让我很感动，仿佛心灵受到了柔软的撞击，接着就会有很多灵感随着血液的涌动纷纷迸发出来，有了执着、坚持自己的勇气！

下午时听张柠老师的课，讲的是《鲁迅与张爱玲传统对当下写作的影响》，如冥冥中的灯光，指引着我找到方向。

一个人的茅塞顿开，往往就在于别人不经意间的点拨。所以能够来参加这次学习，真是幸运，感谢省文学院、省作协给我们提供这样的平台，让我们看得更远。

金黄的阳光洒满窗台时，清晨五点。宇婷像个睡娃娃一样地赖在被窝里。还是不忍心叫起她，只能一个人走出去散步。今天突然不想穿越了，昨天的密林还是让我有点恐惧，何况我还没有找到同行的人！

踏着露水在院子里来来回回地走，惊喜地发现大门左边的一角竟有一方菜地，里面种了小葱、茄子、辣椒、芹菜、豆角、黄瓜、胡萝卜……那些我不认识的小秧苗也开着黄或白色的花朵，规规矩矩，井然有序地绽放着，像是各就各位的士兵，齐刷刷地根植在大地之上。

看过左边，再去看右边，是绕着主楼和侧楼刚好走了一圈才到达那里的，两副秋千架吊在大门右侧的灌木丛里。站在它面前时，露珠还在精灵般地滚动着，我什么也顾不上地坐在上面。看着远处，铁栅栏外的松树上，攀缘的藤蔓一直把自己的叶子伸到树冠里去了，分不清那缕缕的叶子是你的，还是我的！

有微微的风漫过树林的头顶轻轻飘过来，留下阵阵清凉的印记在面颊上！仰着头，看着天，那清澈蓝亮的模样仿佛用抹布擦过一样，忽然想起那些旧时光里的云彩，如今都不知跑到哪儿去了！

6月24日 星期二 晴

睁开眼，又是四点，一分一秒都不差！准时得很。

醒来后没有急着去散步，先是看了一会儿书，想了一个微电影的情节，一直没有完整的思路去完成它，想到一半不得已又放弃了。肩周和腰部隐隐地传来酸痛的信息，才不得不起床了。又去了那个小菜园，发现那里的黄瓜和茄子比昨天大了一点，放着光泽，更加可爱诱人了。做了一套完整的健身操，身体舒服了好多，于是又绕着房子走过去，又去看那副秋千架，看它是否依然空着，还想荡一荡。那些早已被岁月淹没的记忆和感觉也许再也找不到了，也许还会突然有一些新的东西从心底生出来。一种情愫的萌生，不只是源于那一刹那的触景生情，说不定很多年以后，会自然而然地沉淀出一种感觉来，想忘也不能忘了。

我坐在秋千架上，一旁高高的亭台上坐着个看书的女子，灌木丛里有园艺工人在修剪枝叶，几只嬉戏的蝴蝶在树叶间飞舞，蜜蜂采蜜忙，嗡嗡声不绝于耳，有幽香飘来，似梓树花朵的味道，嗅着，竟有些昏昏然了！

人过三十，还有学习的机会，真好！

6月25日 星期三 晴

想放懒！醒得很早，却就是不想起来，尽管后背很痛，但我到底还是把疼痛打败了，因为我一直躺在床上挨到了吃早饭的时间才爬起来。

上午听了谢有顺老师的课，讲了《写作的常道》，从中得出很多益处来，越来越觉得此趟来学习是不虚此行了。更没想到的是下午听胡冬林老师的课时，他讲到几处，竟把我的泪水惹出来了。他在前面讲，我在后面一遍一遍地对自己说：动物和人是应该一样有权利生存在这个世界上的！可是人类却是那么的残忍，剥夺了它们生的权利。人类的自私让我们忘了，动物消失的同时，我们将会失去更多！

面对严肃的生态学，我除了愕然，就是我的内心在听了那样的故事的同时，在不停地滴血。我不痛惜人类的自我毁灭，因为那是人类的咎由自取！我痛惜那些无辜的生命，那些有着自己的情感、自己的智慧、自己的言语、自己的生存状态，从来没想过给人类制造一点麻烦的可怜的动物们、生灵们，就这样被人类的双手无辜地扼杀了！

我真希望，胡老师的课不光能讲给我们这些作家听，还应该讲给那些正在穷尽心思去杀戮的、自我毁灭的人去听！

胡老师是个了不起的作家，一个有良知的作家！

6月26日 星期四 雨

这两夜睡得太晚了，几乎都是在 12 点以后。下课以后，我和宇婷吃过晚饭，因为下雨的缘故出去不得，就躲在屋子里侃大山，各种奇葩的语言从我们的嘴里冒出来，用来形容我们这几天以来的所见所闻所感！

而对于我来说，真正的快乐是我认识了一个和自己能谈得来的人，宇婷！这个小不点，我真的很喜欢她！所以一向不愿表达的我话语竟然无意间就多了起来！常常一聊起来就忘了时间。常常想在孤寂的异乡能找到一个谈得来的人是多么难能可贵！我朋友不多，珍贵到宁缺毋滥的程度，所以我特别在乎人生里能够收获到的每一份友谊！当珍惜！

清晨醒来，雨还在淅淅沥沥地下着，想去外面透气，就记着二楼有一个大平台，平日里站在那儿可以看见宾馆前面的湖水，山丘上起伏绵延的松柏，清凉的湖水汪在松林间如同天上落下的一轮月亮，神秘地、羞涩地凝望着那片葱郁。

烟雨中，推开二楼那扇通往平台的门，淋着雨站在那儿，水滴一颗一颗落在脸上，看净月潭在眼里如蚕纱遮住般朦胧的样子，好似美丽的少妇刚刚苏醒，又如婴孩般恬静的脸庞。若隐若现的美，也如我心里那无法表达的情愫，因为爱人昨晚发来短信说，楼前那块菜地里的草莓熟了，摘了四颗，儿子吃了两颗，他吃了一颗，儿子那一颗坚持要留给我！

看那短信时，我想那草莓一定会等不到我回去就烂掉了，可是我那心境竟如站在这烟雨中，看着这眼前的风景清爽起来！

万事万物，能享一份心境就足够了！

6月27日 星期五 雨

雨还照着昨天的样子，有模有样地下着，有点像我听了彭学明讲完课以后的心情。

那节课上，他的一部《娘》惹得我泣不成声，一直到课后很久，我都不能从那种状态里走出来。我一直在问我自己，我为什么会如此感动？为什么会比别人哭得更加动情？我不得不承认，彭学明的《娘》确实感动了我，同时我也感动于他敢于剖析自己的勇气。

人生，有很多过错只能藏在心里独自承受，不能示人，不能与人分享，可彭学明偏偏就把自己心里那些最不可告人的伤疤揭开了，他把自己的过错，自己面对过错时的悔悟，忏悔，用另一种方式向"娘"谢罪！

那一刻我想到了自己的爹娘，我恨过、怨过他们，十几年前，在我面对抉择的时候，他们为了能让他们的儿子更好地完成学业，高兴地接受了我放弃继续读书的决定，因为他们是希望我做出那样的决定的。我看穿了他们的心思，就赌气由着他们去了，遂了他们的愿。如今很多年过去了，我一直像一叶飘萍一样没有一份安稳的工作，为了赚钱吃饭不停地奔波。虽然我早已理解他们了，心底的不满早已化成虚无，但在彭学明的课上，我还是为我当年那一念龌龊的恨怨深深地忏悔！至少他们给了我生命不是吗？至少我现在活得好好的不是吗？没上过大学，我终究用我自己的方式找到了一种属于我的生活不是吗？

而且，这种生活已经渐入佳境，不是吗？

感恩有生之年所有的磨难吧，包括那些不堪回首的往事！

6月28日 星期六 晴

一楼的拐角处竟然还暗藏着一个体育室！可惜发现得太晚了，即便以后天天都去那里玩，也玩不了几天了。

离别将至！

十天，竟然也在我的心里留下了一抹无以言说的哀伤！我原以为十天是很短暂的，也许会短暂到自己还来不及对这个集体动情，却没想到那种渐入佳境的感觉让少言寡语的我虽然没能和更多的同学在一起交流，但默默地看着，每一个人依然在我心里打下了牢牢的印记。

这辈子永远会记得，我人生的列车曾在这里停留过，在这十天里，我把每一个人当成一面镜子，重新审视自己，认识自己，并在今后的路上时时更新自己！

记得东北师大李洋老师在课上谈到一个新名词"倒错性幼稚病"，从这个词里，我看到了自己"倒错"的一面。但是我又真的觉得，成人的单纯没什么不好的，甚至难能可贵。如果在这个世界上，再多一些没有心计的人，再多一些孩童的目光，也许我们会看到更多阳光灿烂的日子！

6月30日 星期一 晴

明天再上一个上午的课，这十天的学习生活就彻底结束了。

要回到家里去了，突然心里就对家有了向往。人无论走多远，最后总会找到一个歇息的地方的，而那个最能给自己安宁的地方也无非就是家了！

家里有爱！

家里有期待！

家里有爱自己的人！

家里有撇不清的牵挂！

……

然而在这里的十天呢？我们将留下什么，又带走什么？也许不必在心里去总结，时间自然会沉淀出精华和糟粕，包括那些友情！

还有的是，有些东西会在这里结束，却在别处开始……

远·春

他隔着她的距离，是这辈子永不相见那么远。

买来中药，站在阳光底下自制蜜丸子，满屋子都飘着中药的香味，清清淡淡的，却无意间在提醒这屋子里有一个病恹着的身体。每次抓了药回来，都想，这一次吃过，就会永久地好了。可是每次吃过了都是一样的，她也知道，这世界上有一种病当是无药可医的。

然而，药丸子照例还是摆了满满的一张报纸，报纸上印着不是什么名人的文字，题目是《花开有期》，她团着药丸子细细地读了两句，却再也耐不住性子了。也不知怎么了，那眼泪就跟断了线的珠子似的，噼里啪啦地砸在了药盆子里，再去盆子里取那药团成丸子的时候，就有泪水和在里面了。那药本身是苦味的，如今又伴着涩一起团进去了。她真不敢想，吃到肚子里会是个什么滋味？真不敢想。

也许这一颗丸子吞下去，人生的五味杂陈就全在心里头了吧？心里头能有多大的地儿？装得下那么多的无奈，那么多的惆怅，那么多的苦闷，那么多的挣扎，那么多的不顺意，后来又都到哪里去了呢？因为人生所有的苦痛都是要回到快乐里面去的吧，不是都说要幸福吗？所以再怎么心里堵了不畅快，也是要畅快起来的，不是吗？要畅快起来的。

阳光满满当当地挤进窗棂，像是要把整个屋子都温暖起来，这是一个春意盎然的时候，那阳光也懒洋洋地舒展着光线，它们都落在了窗子前她的身上，把她照得金光灿灿的。她三十五六岁的样子，在今天这个社会，她还是年轻的女子，带着少妇少有的柔媚，恬恬淡淡，忧伤，却又流淌一种忧伤之外的洒脱。她想起这个年代真好，这要是放在张爱玲的小说里，那些三十五六岁的女人应是老得无人过问了，就算是貌美如花的姨太太也是落魄的凤凰了。这个年代真好，就像她现在这样病着，她还是感到了这个年代真好，会有电话来，关切她好了没有。她强笑着说好了许多，当然她的言外之意是指心情的，那头却不知道，以为她是说身体，以为她真的好了。

　　与她，却无所谓了。

　　那阳光照着她的脸，把她的影子斜斜地印在地上，长发也在地上氤氲出毛茸茸的印记。她看着那影子，忘了自己正病着，仿佛突然年轻了，抬头去看窗外，春风在飞，把女人的长辫子刮得直直地飘在脑后，竟然就那么倔强地晃来晃去。她突然扑哧一笑，想那风是给人间送来情了吧？要不，那街上的人怎么都春光满面呢？

　　想到春，她的脸有些微微地红了，在阳光底下发起热来。春，她是个角色！手中的药丸子一经春，更是香得透彻了，她想，这次服过药，也许这病当真就好了呢！

改不掉的习惯

1

几天前我结束了我的护士工作，并发了狠似的告诫自己，一定老老实实地在家待着，任他天塌地陷，年前我也一定待在屋子里不出去。不曾想一周下来我病了，腰酸背痛，骨头缝都不舒服。于是我又走了出去。这么多年来，我已经习惯了风里来雨里去的生活。索性把电话都关掉，我的内心一下子就空虚了，觉得自己完全与这个世界隔绝了，再也没有可利用的价值了。

人是不能没事情做的，是不能让自己闲下来的，一旦闲下来整个生命的意义就全都不复存在了，就像行尸走肉苟且偷生一般。

我是一个随遇而安的人，我并不奢求什么大富大贵，我只是追寻求一种充实的意境，让自己忙碌起来，忙碌起来的日子总会把地烦恼不经意地忘却，人也精神抖擞了，气宇轩昂了。

所以，忙碌成了我戒不掉的瘾。

2

我是一个极度不善于与人沟通的人，有时候面对一些人，面对一些事情，很想表达，一紧张却变成了微笑，只想着用微笑去拉近与人的距离。然而这世界，很多人无暇顾及你的微笑，被夸夸其谈所吸引。于是我选择站在角落里听别人侃侃而谈。那些愿意接受我的、陪着我一起傻笑的人就成了我终生的朋友。不了解我的，没有工夫耗时间把你当一杯茶来品的，自然就走掉了。也好，我不想成为别人无聊和困乏时的速溶咖啡。

有时候很想念一些朋友，只是对那些很了解我的人才敢贸然把电话打过去。我也会肆无忌惮地胡诌乱侃，更多的时候我选择了沉默，只想听听朋友的声音，知道大家一切安好，便会默默地享受一份幸福。而还有很多时候，即便很想念，我却还是选择回避，因为我害怕这种解决想念的方式会成为一种依赖。

所以拒绝打电话是我改不了的习惯。

3

克制自己的欲望，这是我对自己经常说的话。人是不能想什么就做什么的。有很多时候会事与愿违。为了不让自己失望，所以别有太多奢望。

一个人穿过冷冷的街道时，我也想过很多美好，想想自己会发笑，甚至自言自语上几句。人总会有伤心难过的时候，无助了总要有人和你说说话，当找不到那个人的时候，就自己劝解自己一番。自己哭了，自己擦眼泪，自己笑了，自己享受快乐。

所以我习惯了自己的悲伤自己扛。

4

我习惯了无人倾诉的日子，我觉得一个人可以承受多少压力，他就有多大的胸怀。没有人会一味地迁就你，也没有人会时时刻刻关注你的饥饱寒暖、喜怒哀乐。要勇敢地去面对生活给予你的一切，包括你爱的人冷落了你。

要用海纳百川的胸怀去化解一切冰冷和嘲讽，去宽容一切躲在黑暗里的诽谤和忌妒。我相信一切见不得光的东西终究会死去。

所以沉默伴我走过了 30 年的人生。

断片

0. 路过你的城市，我只想远远地看着你，喜欢你。爱，只是我一个人的事，与你无关。

1. 人生有希望，有绝望，绝处又逢生。

2. 我谁也不怪，怪也只怪我认识你的时候，你已经爱上了她。

3. 我愿安静地沉湎于我的幸福当中，任是是非非纷纷扰扰，且当全然不知!

4. 要知道，有些事可以原谅，但有些事是一辈子的伤痕。

5. 有些东西看着美好，可是一望就到头了。

6. 我宁愿死在自己的梦里，也不愿在现实里醉生梦死。

7. 为了忘得彻底，也为了自己的心不再疼，就狠狠地绝情了一下——绝情就是把自己推上断崖!

8. 我觉得自己一下子就力不从心了，所有的一切都经不起"碎月"折腾了，我也知道我没权利管你，但我有权利管自己，还有什么好解释的呢，给你解释的机会太多了，后来你把机会都用没了，就再也没机会了，我可能一辈子也忘不了那"碎月"里遗落的牵牵绊绊，但我知道一切再也回不到从前了。

9. 他倚在枕头上为我念过《读者》里的经典句子，也在电话里给我念过沈从文的一句话，来解释我对他的误会，终于那些忍无可忍的想念，让我带着撕心裂肺的疼痛战战兢兢地和他说分手。我怕他说"可以，我都听你的"，那样我又会舍不得，会痛不欲生。我和他到底恋爱多少年呢，我数不清，不是日子太长，也不是太短，而是爱得太深。

10. 要相信被遗忘不是自己的错，要在遗忘里看到另一片天空，人和人之间就是这样，你忘了我，尔后又结识了他，多简单啊！

11. 写完《我为三毛掉眼泪》，突然想逃避一些人了，除去一味地给予，我更想被需要，被占据，被美好守望，而不是在角落里枯死。

12. 真正存在的东西，就像真正的光亮一样，总会越来越接近心里，让你看透自己，看透别人，也看透是有还是无。

13. 我最害怕的是我再也不会哭了……

14. 人一辈子的爱就那么多，像花钱一样，有的人匀着使能使一辈子，平平淡淡的，有的人太挥霍了，一下子就用完了。

15. 女人爱到极致有两种表现形式，一种是以飞蛾扑火的方式扑上去，一种是沉默地离开。我更欣赏后者，是种忍痛的决绝。

16. 梦，依然夜夜做来；心，却日日死去。

17. 我在想是不是该把自己的脸皮练到刀枪不入的境界，宁折不弯才是我，一辈子我也达不到让自己的脸皮刀枪不入的高度了，下辈子再说吧。

18. 我去逛博客，看到一个朋友在博客里说，担心手机出毛病误了一个人的电话，我为这位朋友莫名感动，眼泪不自觉就落了下来。我想到严歌苓在小说《少女小渔》里说的一句话，我总结了一下就是说，所谓相爱，就是即使自相残杀，也可以互舔伤口。我替这位远方的朋友默默祈祷了一炷香的时间，希望他和她幸福。

19. 善良的灵魂，都像花儿一样凋谢了。

20. 醒来。窗外除了路灯亮着，所有的窗口都黑着。但街上依然不得安宁，是赶早市的菜农和早起的商贩，还有我这样午夜失眠的人吧。

21. 不敢提及站台，因为它对我意味着离别。

22. 我那么害怕分别，不该去站台，一转身就泪眼朦胧，物是人非。

23. 放弃了过程也就是放弃了结果。

24. 回忆是美好的，只要你能让过去的一切都过去。

25. 我从不奢望在春天里开花。

26. 总会有回忆。随着长大，你会慢慢发现那些曾经你为之要死要活的记忆很单纯可笑的，自己都会羞红了脸。

27. 我需要几个完整的日子，完整地属于自己。把自己看成一粒饱满的种子，重新投到泥土里，再长出一个爱恨分明的女子。让过去面目全非，迎接一个新的开始。

28. 无论是思念还是被遗忘都是一件很残忍的事情，任何情况下，任何理由都不是借口。

29. 那些卑微的思念是多么无可奈何啊！

30. 日子的流逝对于寻常百姓而言往往是浑然不觉的，浑然不觉中走过了几十年的光阴，又在浑然不觉中改换了人生的角色。

31. 当夏天的树叶学着秋天的样子散落一地，我的泪水突然决堤……

32. 这就是距离吧？在相隔着记忆的位置，我在这里，想象着你的呼吸，同样熄着灯的窗子，你在哪里？我向前走，你看不见，真的遥远。你和我之间刻着一条界线，不曾有改变。保留着三公分的距离，我爱的你，你的眼里读不到眷恋着我的讯息。

33. 谁规定的，亲情就非得放爱情一条生路吗?

34. 爱情总会以它独特的讯号唤醒埋在心底深处的那根最柔软的弦!

35. 人来人往，不经意间，岁月就老了，谁也无法算得清楚。

36. 想做一身素洁的旗袍，用自己颀长的身子衬着。

37. 只有爱才能唤醒爱!

38. 我所理解的生活就是你做什么都可以，就是做不了你喜欢的事情!

39. 一曲《琵琶语》，让我沿着我童年的脚步，漫过我的青春，从无知到懵懂，从青涩到成熟，从失去到拥有，又再失去。我轮回在一个寂寞彷徨的等待里，再回头去看自己的时候，我已再不能记得我原来的样子了。

40. 很多事情，不知道自己该不该做，不做，会遗憾终生，做了，遭人笑话，就在这种矛盾中把自己撕扯着。而结果到底还是做了。见证了预想的结果，加速了死心塌地地去忘记或者义无反顾地坚持着。

41. 孩子气的妍儿，你是个永远都长不大、缺乏安全感的小孩儿，很喜欢依赖自己觉得可靠的人，喜欢被人保护、被人惦记的感觉。你对人的第一反应总是直白的信任，有不高兴就会说出来或耍小性子，很像个小女孩需要被人疼爱。

42. 世界上有很多好东西，说没就没了，没什么大不了。

43. 慈悲，慈的后面，是悲……

44. 我蹲下来/抱着自己/当真正被意识到一切再也回不去的时候/心里惊痛得再也站不起来了

45. 我等过了，但没等来，等来了也不是原来的样子。我不后悔，我走了，不会再来，不会再等。

46. 很多事物，没有得到时总觉得美好，得到之后才开始明白："我们得到的同时也在失去。"

47. 噩梦一个接着一个，迫使我醒来，醒来时我一直在想，无论是经历美好还是恐惧，一切都会结束，我这不是醒了吗?

48. 我相信一切都会过去的，坚持住，一切都会过去的，让那些绝望彻底绝望，再重新点燃希望。

49. 我没有嗜好则已，若有嗜好，必然沉溺很深。我最大的缺点就是不会讨别人的欢心，喜欢用事实说话，用实际行动去抗议我的不满，用真情流露表达我的真情实感。那个偶然，让我懂得我觉得学不会虚伪我很悲哀。有些人我见过一次永久不想再见，有些人无论怎么伤我，我还是那么惦念。

50. 我半生来朋友很少，甚至少得可怜，却个个死心塌地，想来也知足了。交友上，模棱两可我不要，酒肉之交我不要，虚伪行事我不要，尖酸刻薄我不要，为人险恶我不要，挑来拣去所剩无几了，但剩下的都刻着骨、铭着心。

51. 站在那空旷偌大的场地上，我回忆朋友的影子，人已去，繁华依旧，泪眼婆娑。

52. 真正的情感是经得起任何考验的，哪怕面对对方无端的指责，无端地发脾气，也会被无端地谅解。

53. 他说，你的那种另类思维我更欣赏，总是拧着世俗，有着自己的主张。

54. 我想所谓爱情，就是你面对的那个人，他的情绪和你的情绪在同一个频率……

55. 一直站在窗子边上看风景，后来窗子关上了。我想起了门，于是走了出去。原来美好不在这里，就在那里。

56. 也许一颗心疲惫了，再多的柔情也唤不醒；也许一颗心死了，再多的感动也救不活；也许他一转身又是一处风景。

57. 有时候心情就是这样很想对一个人述说/刚好那个人没空理你/然后就永远也没机会说/然后误解/纠结/远离/失去……

58. 我在等待里穿越了一个世纪，一回首，却看见了面目狰狞的笑。

59. 有些繁华永远陌生，永远不会让你心动。

60. 人生没有救赎，只有宽容。

61. 我爱你，从开始到结束，是一场雪化成水，又朦胧成细雨的过程……

62. 今天我急速行车时撞死了一只蝴蝶，我不知道它是山伯还是英台。如果是英台，那么我对山伯说，对不起；如果是山伯，那么我对英台说，"哎木骚瑞"，好不容易你们死后到一块儿了，还让我的一场车祸给弄分别了。哎木真的很骚瑞！

63. 我爱的又不属于我，我必然会放弃，离他越来越远，直到成了陌路。

64. 没有什么比冷漠更让人煎熬，没有什么比淡忘更让人痛苦，如果你真真切切地在乎过。

65. 有一只眼睛/为一个人睁/有一只眼睛/为一个人闭/有一颗心/为一个人开启/有一扇门/为一个人尘封/他不在意落寞的灵魂在谁的怀里死去/又在谁的怀里重生

66. 也许冷漠是渐渐疏远的开始/是淡忘的前奏/这个时候是不是该安静地走开/是的/走开/放弃所有的眷恋吧/让爱去逃生

67. 我喜欢的东西，谁都不能消灭我的积极性，除非我自己放弃。

68. 有些东西就是挽留不住的，譬如岁月，譬如青春，譬如……那些不再时常来往的朋友。

69. 自己的人生有自己的戏，别唱错了场子，跑错了台，串到别人的戏份里混角色，到头来还是悲角。

70. 走在夜的 8 点/徘徊在黑的边缘/在渐沥的一种叫雨的水中湿了衣衫/索性收起伞/走着走着/言也言不出的忧伤裹在雨里/淌在下巴尖上/一滴一滴砸在白色的溅了污垢的旅游鞋上……

71. 如果真的有一天，某个回不来的人消失了，某个离不开的人离开了，也没关系。时间会把最正确的人带到你的身边，在此之前，你所要做的，是好好地照顾自己。

72. 这一刻我知道了，我是一个不喜新也不厌旧的人，是一个固执的、相信第一眼看到的永远是好的的人，是一个自信到自以为是的人，有点顽固不化，旧时代的老朽。

73. 我怕语言的啰唆苍白了我的思念，你说思念的形式有很多种，放在心里才是最美的相守。

74. 这个世界除了利益，除了金钱，除了相互利用，除了猜疑和妒忌，剩下的就是真情了，多好。真情不朽……

75. 好冷，这个季节更像疏远的爱情，没什么温度，却还要等，还在盼。

76. 这个角度正好对着窗外/外面微微浮动着风/枝条颤颤律动/听一首老歌/想一段往事/阳光很好

77. 远远地眺望，就当谁也望不到谁。岁月里有些东西渐渐模糊，有些东西越来越清晰，真的骗不了谁，也骗不了自己。

78. 那盏心灯灭了/才知这世界是虚拟的/那义无反顾为谁导航的人/已经永远不在了/原来爱情就死在那只闭上的眼睛里

79. 今夜，如果我洞穿那些谎言，那些像窟窿一样的眼睛，从明天开始，我在上面安灯。

80. 开始陌生了。想念的影子嵌成回忆的画面。午夜，半醉半醒。灯关着，唯心明了。

81. 雨来了/带着冬隐退的遗憾/带着春欢喜地登场/这个季节/除了等待/还有希望/下个路口/隔着雨帘/眺望

82. 一个男人越是动了真情，越是放不开手脚，不知道自己到底该为她做些什么。

83. 努力去珍惜一如既往关心我的朋友，他们已经扎根在我的生活里，我要用真诚给养我的友谊。

84. 我的世界是透明的，也包括我，包括不愿和谎言对视的眼睛。

85. 我对你好是真的，我生气了也是真的，谁都别怪我，因为我不会作假。

86. 很想念那段时光、那个人，毕竟这个世界真正对自己好的人不多。

87. 从繁华淡出，如果静谧还可以回归，隐没，只是在暗处相思。

88. 一个魔鬼正在衍生，我开始恐惧周遭的一切，魔鬼面目狰狞，触目惊心。

89. 写作，是我灵魂在孤独地低唱。人有许多感受是不能言传的。

90. 人生的幸福就在于你不经意间就被别人记在了心里。

91. 你不要相信任何巧合，要相信任何偶然都会找到漏洞。

92. 你，当开始不忍说再见，对什么东西产生了依恋，突然却觉得时间正飞快，把你和那些不舍残忍地拉开距离。

93. 没有人陪你走一辈子，所以你要适应孤独。没有人会帮你一辈子，所以你要奋斗一生。

94. 感谢你给我的希望，总是那么让人绝望。

95. 一年就这么过去了，只是有雪和没雪的区别。呵呵，只是有我没我的区别。

96. 爱情原来就是一个人的事情，一个人动情，一个人平静，一个人付出，一个人任性。

97. 如果有下辈子我就对自己好点，一个人的时候保证不吃方便面。

98. 有时候，隔窗，看见天边云朵在游，就有遐想，那云朵毕竟远在天边，可望而不可即。

99. 快乐很简单，不像痛苦那样，背后总是隐匿着太多的东西。

100. 床头上的书，凌乱了满个世界，我伸出手，毫无心情，随意地乱翻。金黄的阳光，暖暖的色调，透过帘子，落了我一脸，我想跑出去。想疯狂忘我地跑，却招摇地走在马路上，高傲地仰着头，鞋跟发出节奏的声响，男人暧昧地回头张望，却不知道我的不屑一顾里满是惆怅！

101. 再也不见了，留个念想。

102. 我被写进日记里，我就成了日记。

103. 我是一个容易感动的人，所以你也许会看到我眼里常噙着泪光，慌乱地扯着餐巾纸擦去从鼻孔流出的清水。眼泪也许并不能代表什么，但是在我心里，眼泪却也是一种语言，它告诉你，你内心柔软的东西被轻轻地碰了一下。

104. 别以为时间会帮助你记住或承载更多的东西，它会让人患上健忘症，为了赶赴下一程的风景，忘了曾经的美好。

105. 把眼泪留给最疼你的人，把微笑留给最伤你的人。

106. 无语，面对那些站在人群里穿着光鲜的垃圾，我只想作呕！

107. 午夜里醒来，我望着窗外朦胧的灯光，忽然觉得这世界的人和事都是那么的无常，像飘忽不定的风，忽而骤然掠过，忽而又淡然宁静。很多貌似围在身边的朋友未必住在自己的心里；而那些遥远的心灵斯守惹起的无限相思或许也经不起时间的磨砺和世俗的考验！人过了 30 岁，再想将真心付出真的很难。那些不离不弃的朋友还停留在学生时代！我曾不解，却在一夜之间陡然明白，人过了 30 岁，有自己的圈子，有自己的性格，谁都没有耐心再愿意为谁去改变，而就算有一个人愿意改变，那么另一个人也未必有耐心去等待去接受。至少改变的过程也是漫长的，你试图改变的过程，也许是对方另一段情感开始的过程！

2012 年 6 月 17 日我对自己说，只有孤独的孩子才会把情集中起来！如今三年过去了。我还是那个孤独的孩子，还是一个人对着电脑敲打孤独的文字，孤独是痴情者一生中都要独自完成的路，荆棘也好，坦途也罢，总之踏上孤独的不归路，即便回头，也是断崖！

108. 忘记，是一道很远的门，时间会帮我推开它……

109. 人的一生，有一半的事情是靠谎言完成自身修复的！

110. 不管多么不舍，人生总要在聚散中安定下来！

111. 每个人都有自己的路要走，你不会搭上任何人的顺风车！

112. 日子忙碌起来。因为忙碌，渐渐无暇悲伤。爱吗？爱多少？也不过这么多，不过是深爱着，且不让他知道。

113. 昨日，他像风一样飘过我的世界，又在今日转瞬就离开了。我在那思念里徘徊等待，下一次的遇见也许是爱在骨子里更深的发酵。这一刻，唯能见证的是他真的来过，也确确实实又远了。

114. 我是没有伞的孩子，必须努力奔跑。

115. 每天爱你一点点，居然攒了这么多！

116. 做了一个梦，梦过了心里怅怅的，因为终究是个梦。爱情要完结的时候自会完结，到时候，你不想画上句号也不行。

117. 一味说谎的人，就像通货膨胀时的票子，看着是钱，却没什么价值！

118. 真正的爱情总是让人无路可逃。

119. 我已经筋疲力尽了。当很多事情我还无法理清的时候，我还会失眠，我还会失去进食的欲望；如今一切都不期而至，那么清晰地摆在眼前，我突然只想睡觉，一直睡下去，不要被吵醒，不想那些纷扰和争辩。一切都远离我了，一切我都远离了。我的世界在某一刻异常明朗，照出了我的肮脏和猥亵。我后悔那些我自以为是的相遇和相爱，自作聪明地投入真诚，不计后果地收获伤害。如今我是一个千疮百孔的人了，裂开的伤口不需要抚慰，因为我害怕所有的手，所有的手都像暗夜里的魔爪，让我看不清它的尖利，却突然被扼住喉咙。想一个人静下来，静静地咀嚼伤痛，静静地去遗忘那些岁月里的残痕，我想看到一个更明媚的自己……

120. 一个物件若能跟自己一辈子，不要说它有多名贵，就算再普通也印在心里了。那么一个人呢？一个人所赋予另一个人的情感也许终不敌一个物件来得恒久吧？人心易变，可物件呢，经过岁月的打磨会更加圆润，更加应手得心。而人在一段情感面前，说不定什么时候就成了惊弓之鸟。对方的一举一动你都不再信任，不敢再去相信，无论依然飞在爱人的身边，还是落在寂寞的一隅，也都再找不到那份安全感，因为猎人的箭残留着没有解药的毒，一点点风吹草动都可以让你的翅膀失去保持平衡的力量。你不希望他做的他做了；你不希望他靠近的他靠近了；你不希望他在乎的他在乎了；你不希望他面对的他面对了。如此，他留给你的是什么？深深的伤害就像尖利的锥子扎在了你的心上，拔下去吗，血会流出来；任其扎着吗？疼痛就在那里，不偏不倚！中国有一道古老的医术叫刮骨疗伤，我不知道如此发达的高科技的今天人到底可不可以洗脑，如果可以，我愿以我的生命为代价，去洗一次脑，让我忘记那些伤痛，换我一个再无噩梦的夜晚。

121. 你说我是你家乡河边疯跑的野丫头，我常常想着这句话，一个人发笑，然后流眼泪。

122. 越来越远最后消失在彼此的视线里转身，再都不必回头。说这句话的那个日子在飘着雪，雪化了，你在阳光下投射着纤长的影子，和我一点一点地拉开了距离。

123. 那天是清明节，有人向我问好，我说谢谢祭奠我。他说，不，是惦记。

124. 更多的眷恋只是夹在风里的回忆，那些飘雪的日子都远了，那只猫该不会被饿死吧?最后被风干，成为记忆的碎片。有你在的日子，那猫还在流浪，如今你走了，我就成了那猫，学会绝食的猫。是雨水毫不吝惜我金黄的绒毛，任我在它怀中冷得发抖，打着牙帮骨，把眼泪与雨相溶。

125. 扬起的手臂呀，端起的酒杯，一仰而尽的缠绵，只是相思的画面。昨天已然结束，但今天才刚刚开始，我是在沉沦吗? 几度挥手诀别，不忍说再见，再见还是不见……

126. 我的记忆里飘满了雪花，那个寒冷的冬季让我无比的幸福。灵巧的脚印踩进你踏出的雪窝里，圣洁的雪啊那弯弯曲曲的痕迹，此去已再无归期。

127. 如果我的笔可以化为一把匕首，我想深深地刺入你的胸腔，看那流淌的是汩汩黑血还是炫目的颜色? 20岁以前我的世界如同梦魇，我害怕欺骗，害怕虚伪，害怕一切不真实的假象。当一切都来不及躲闪的时候，我迎上去，任碎骨粉身。

128. 那些属于你的黑色都在时间里渐渐地被漂白，日子越发的明亮，心就愈发的遥远。我能记住的，在记忆里深埋永不凋谢的只有那个冬天。来年这个时候请为我祭奠，在我的坟前或十字路口说，你惦记我了……

129. 我小的时候，没有邻家哥哥。长大了，你只做我的哥哥，徒留一片忧伤的记忆。

130. 相约了无数次一起吃烤鱼，可惜一次都没有吃。是你忘了，我还记得。

131. 最怕"谢谢"两个字，一下子就把彼此的分开了。

132. 人生有太多的遗憾，如同错过大学一样地错过了你，错过音乐，错过如水年华。空间里的那首歌听一次哭一次，是想那般过去的日子了，还有缥缈的往事。

133. 生平最乐快意事，挥毫泼墨洒华章，广结天下人为友，回眸浅笑悯沧桑。

134. 牵挂是人世间最真挚的情感，也许吵了，闹了，之后是永别，但那份牵挂留在心里，埋着最初的记忆，在冥冥中想你……

135. 我不想知道任何所谓的真相，即便是骗局，大家也都是身不由己。

136. 温度如人心，可降可升。这话不是我说的，写下来是因为不能忘记是谁说的。

137. 女人注定作为别人的人质与甜蜜同归于尽。

138. 真是怕什么就来什么，你怕自己会哭，偏偏沙子迷了眼睛；你怕被别人欺骗，偏偏他对你撒了谎话。

139. 幸福就是过马路时调皮地闭上眼睛，用心去感受着你小心翼翼地牵着我安全地走到路的对面；幸福就是天冷时可以被你拥在怀中；幸福就是下雨时可以和你同撑一把伞；幸福就是口渴时能够和你同饮一杯水……

140. 阳光明媚，温暖而干燥的房间，一切都那么明亮。孤单却溢满心头，孤单的时候想要去逃亡，你不要哭，这样不漂亮！

141. 如果有来生，我还要做女子，要满怀着开花的心情，听雨——等春的讯息！

142. 事情已经过去很久了，但我还记得那条来自圣诞节的短信没有字，我还记得那天的电话里你说"想你了，听听你的声音"。然而一切都过去了，一次再都不肯发生。

143. 就着昨日的陈醋，蘸着今日的酱油，烫一壶甘冽老辣的大安老窖，抓一把孔乙己的茴香豆，晃动着摇椅，躲在回忆里养生。